Une saison
ardente

Du même auteur

Rock Springs
nouvelles, Payot, 1989
et Seuil, coll. «Points Roman», n° 403

Une mort secrète
roman, Payot, 1989
et Seuil, coll. «Points Roman», n° 416

Un week-end dans le Michigan
roman, Payot, 1991
et Seuil, coll. «Points Roman», n° 464

Au bout du rouleau
roman
Éditions de l'Olivier, 1992

Richard Ford

Une saison ardente

roman

TRADUIT DE L'AMÉRICAIN
PAR MARIE-ODILE FORTIER-MASEK

Éditions de l'Olivier

TEXTE INTÉGRAL

EN COUVERTURE : illustration Gilbert Raffin

Titre original : *Wildlife*
© Richard Ford, 1990

ISBN 2-02-014591-X
(ISBN 2-87929-002-3, 1ᵉ publication)

© Éditions de l'Olivier, mars 1991,
pour la traduction française

Je tiens à remercier
mes amis Carl Navarre et Gary Taylor,
dont la générosité m'a permis d'écrire
ce livre.

R.F.

Kristina.

Présentation
par Jean Wagner

L'intrigue de *Une saison ardente* peut se résumer en trois lignes. Le père est licencié de son emploi de professeur de golf. Aux alentours de Great Falls, des incendies ravagent les forêts. Comme le père est sans travail, il participe à la lutte contre le feu. Toutefois ces incidents servent de catalyseur : la mère se lance dans une aventure amoureuse avec un client du père avant de s'enfuir puis de revenir définitivement. Il ne faut surtout pas en faire un drame : « Et même s'ils avaient senti que quelque chose entre eux s'en était allé, quelque chose dont ils n'étaient peut-être même pas conscients jusqu'à ce qu'il ait disparu à jamais de leur vie, ils avaient dû sentir l'un comme l'autre qu'il y avait une part d'eux-mêmes, une part importante qui ne pouvait vivre que s'ils étaient ensemble. »

Par ce thème central de la mésentente conjugale, Richard Ford se situe dans une perspective du roman américain qui a été souvent illustrée, de Sinclair Lewis à John Updike en passant par Philip Roth et John O'Hara. Toutefois sur ce plan, Richard Ford ne doit rien à personne. Chez lui, on ne se quitte jamais pour des

I

raisons morales ou religieuses. A peine pour des raisons senti-
mentales. Il ne nous est dit nulle part que le père et la mère ne
s'aiment plus. Au contraire. Il nous est presque souligné que c'est
de s'être trop aimés qu'ils se sont mal aimés.

Il ne s'agit ni d'être trop optimiste ni trop pessimiste. La vie est
ainsi faite : par une sorte de fatalité, aidée par les circonstances,
les couples, un jour ou l'autre, sont atteints eux aussi par une
fêlure inéluctable. Cette fêlure prend d'autant plus d'importance
qu'elle se produit dans une civilisation entièrement fondée sur le
concept de la famille.

Cette vision de la vie ne se traduit pas chez Ford par des consi-
dérations abstraites. Ses romans sont très exactement situés,
socialement et géographiquement. C'est avec la précision d'un
enquêteur qu'il met en place son anecdote. Nous sommes au
Montana, à Great Falls, la ville la plus importante de l'État, Great
Falls qui a déjà servi de cadre à plusieurs nouvelles de Ford, à
quelques kilomètres de la frontière canadienne, presque au pied
des Rocheuses. C'est une vraie ville du Nord, où il fait froid, où la
nature tient encore une place prépondérante malgré les mines de
cuivre, une ville austère où le travail passe avant tout le reste.

Ne nous y trompons pas. Ce mal de vivre n'est pas, dans la
vision de Ford, spécifique d'une région. Ce sont les États-Unis
tout entiers qui sont en cause. Richard Ford est né dans le Sud,
dans l'État du Mississippi. C'est là que se déroule son premier
roman, *Une mort secrète*. Il a situé un autre de ses livres dans un
État de l'Est, le Michigan, et le reste de son œuvre au Montana où
il semble s'être établi. C'est partout le même malaise qui règne.

En fait, c'est par la forme adoptée que Richard Ford nous

II

impose sa vision du monde. Ce roman est aussi un roman de formation. L'adolescent fait l'apprentissage de la lucidité puis de la résignation. Il saura désormais que dans la vie du monde, bien des choses lui demeureront définitivement inconnues. Son premier soin est de se méfier des mots : « Et il y en a des mots, des mots qui veulent dire quelque chose mais qu'on ne veut pas dire, des mots qui sont responsables de vies brisées, des mots qui voudraient réparer quelque chose de brisé mais qui n'aurait jamais dû être brisé, quelque chose que personne ne voulait voir briser et que, de toute façon, ils n'arriveront pas à réparer. »

Cette retenue dans l'expression se double chez le romancier de la technique du comportement, cette technique qu'on disait datée de l'entre-deux-guerres et qui sert aujourd'hui admirablement les desseins du romancier sans paraître aucunement anachronique. Parce que cette technique lui permet de souligner le mystère qui entoure chacun des personnages, des personnages pourtant prodigieusement vivants : en trois gestes et deux répliques, nous les avons devant nous, avec leur élan vital, leur incohérence parfois et leur capital d'inconscience. Et nous fermons ce très beau roman en répétant ce que dit le héros : « Pourtant, Dieu sait qu'il reste bien des choses que moi, le fils unique, je ne puis prétendre entièrement comprendre. » Richard Ford ne se prend pas pour Dieu. Il se contente d'être romancier.

(avec l'aimable autorisation de *La Quinzaine littéraire*)

Né à Jackson (Mississippi) en 1944, Richard Ford fait aujourd'hui partie des plus grands écrivains américains. Ses romans ont pour cadre les endroits où, successivement il s'installe : le

New Jersey pour Une mort secrète, *le Michigan pour* Un week-end dans le Michigan *et le Montana pour* Une saison ardente. *Richard Ford est également l'auteur d'un recueil de nouvelles,* Rock Springs, *et écrit des scénarios de films.*

A L'AUTOMNE DE 1960, alors que j'avais seize ans et que mon père était momentanément sans emploi, ma mère rencontra un homme du nom de Warren Miller et tomba amoureuse de lui. C'était à Great Falls, Montana, à la grande époque du gisement pétrolifère de Gypsy. Mon père nous avait amenés de Lewiston, dans l'Idaho, au printemps de cette année-là, persuadé que dans le Montana tout le monde — des petites gens comme lui — se faisait ou allait se faire beaucoup d'argent. Il voulait saisir sa chance au vol avant que le vent ne l'emporte.

Mon père était golfeur. Un vrai pro. Il était allé à l'université mais pas à la guerre. Depuis 1944, il s'y était mis — au golf — dans de petits country clubs et sur des parcours municipaux, dans les villes près de là où il avait grandi, près de Colfax et de Palouse Hills, dans l'est de l'État de Washington. Pendant ce temps, en ces années où *moi* je grandissais, nous avions vécu à Cœur d'Alène et à Mc Call, dans l'Idaho, puis à Endicott, Pasco et Walla Walla où ma mère et lui

11

avaient fait leurs études, s'étaient rencontrés et s'étaient mariés.

Mon père était par nature un athlète. Son père avait possédé à Colfax un magasin de vêtements dont il vivait bien, il avait donc appris à jouer au golf sur le genre de parcours où il enseignait à présent. Il avait pratiqué tous les sports, basket-ball, hockey sur glace, lancer du fer à cheval, et il avait joué au base-ball quand il était étudiant. Mais il aimait le golf parce que c'était un jeu que les autres trouvaient difficile et pas lui. C'était un bel homme souriant, aux cheveux noirs, pas très grand, aux mains délicates. Son swing court et fluide était merveilleux à voir, mais il lui manquait la puissance qui l'aurait propulsé au sommet de la compétition. Il s'entendait pourtant à apprendre aux gens à jouer au golf. Il avait l'art de discuter patiemment de ce jeu, vous laissant croire que vous aviez des talents de golfeur, et les gens appréciaient sa compagnie. Il lui arrivait d'y jouer avec ma mère, je leur servais de caddie et je savais qu'ils savaient de quoi ils avaient l'air, beaux, jeunes et heureux qu'ils étaient. Mon père n'avait jamais une parole plus haute que l'autre, il prenait la vie du bon côté et il était sociable, sans pour autant vous cirer les pompes. Et si être golfeur, gagner ainsi sa vie au même titre que n'importe quel représentant ou n'importe quel médecin, sort de l'ordinaire, on peut dire que mon père sortait lui aussi de l'ordinaire : il était candide, honnête et sans doute parfait pour la vie qu'il s'était faite.

A Great Falls, mon père prit un travail deux jours par semaine au parcours de la base aérienne ; le reste du temps,

il travaillait au club privé de l'autre côté du fleuve. Le Wheatland Club, comme on l'appelait. Il faisait des heures supplé-
mentaires parce que, disait-il, quand les affaires marchaient
bien, les gens voulaient apprendre un jeu comme le golf, mais
les périodes de prospérité ne duraient jamais bien longtemps.
Il avait alors trente-neuf ans, et je crois qu'il espérait ainsi
rencontrer quelqu'un qui lui donnerait un tuyau ou qui le
ferait profiter d'une bonne occasion dans une histoire de
pétrole, ou qui lui offrirait un meilleur boulot, ce qui nous
faciliterait l'existence à ma mère, lui et moi.

Nous avions loué une maison de la Huitième Rue, dans
un vieux quartier dont les maisons de brique étaient de plain-
pied. Elle était jaune avec une petite palissade et un saule pleureur sur le côté. On était à deux pas des voies ferrées et de
l'autre côté du fleuve, face à la raffinerie où une flamme scin-
tille jour et nuit au-dessus des cheminées des réservoirs. Le
matin, en me réveillant, j'entendais les coups de sifflet annonçant la relève, le halètement des machines en train de traiter
le pétrole brut en provenance de forages d'exploration au
nord de chez nous.

A Great Falls, ma mère ne travaillait pas. A Lewiston, elle
avait été employée comme comptable dans une laiterie et dans
les autres endroits où nous avions vécu elle avait fait des rem-
placements en maths et en sciences, matières qui lui plaisaient.
Petite et jolie, elle avait le sens de l'humour et le mot pour
rire. Elle avait deux ans de moins que mon père qu'elle avait
rencontré en 1941, lorsqu'elle était étudiante. Elle avait eu
le béguin pour lui et l'avait tout simplement suivi lorsqu'il

avait pris un travail à Spokane. J'ignore si elle avait idée de ce qui pouvait avoir fait quitter à mon père le boulot qu'il avait à Lewiston pour venir s'installer à Great Falls. Peut-être avait-elle remarqué quelque chose à son sujet — qu'il était à un curieux tournant où l'avenir commençait à lui apparaître différent, comme s'il ne pouvait plus s'attendre à ce que les choses s'arrangent d'elles-mêmes, ce qui avait été le cas jusqu'ici. Ou peut-être y avait-il d'autres raisons, et parce qu'elle l'aimait, elle suivait. Mais je ne pense pas qu'elle ait jamais voulu aller dans le Montana. Elle aimait la partie est de l'État de Washington, elle en aimait le climat plus souriant, c'était là qu'elle avait grandi. Elle s'imaginait qu'il ferait trop froid, qu'elle se sentirait trop seule à Great Falls et qu'il ne serait pas facile de s'y faire des amis. Elle devait se dire qu'elle menait la vie d'une femme de son âge, déménageant quand il fallait, travaillant quand elle le pouvait, avec un mari, un fils, un point c'est tout.

Cet été-là fut celui des incendies de forêt. Great Falls, c'est là où commencent les plaines, mais au sud, à l'ouest et à l'est, il y a des montagnes. Par temps clair, vous pouvez les voir comme si elles étaient au bout de la rue — à quatre-vingt-dix kilomètres vous avez le versant oriental des Rocheuses, toutes bleues, bien découpées, s'étirant jusqu'au Canada. Au début de juillet, le feu avait pris dans les cañons boisés au-delà d'Augusta et de Choteau, des villes dont les noms ne me disaient rien mais qui étaient en danger. Il avait commencé pour des raisons mystérieuses. Il avait continué pendant tout le mois de juillet, tout mois d'août et jusqu'au mois de septembre où l'on avait cru qu'une arrière-saison précoce amènerait de la pluie, peut-être même de la neige, mais ce n'était pas ce qui s'était passé.

Le printemps avait été sec, l'été tout aussi sec. J'étais un jeune citadin, je ne savais rien des récoltes ni de l'abattage du bois, mais les fermiers, disait-on, étaient persuadés que la sécheresse amènerait la sécheresse. Nous avions tous lu dans le journal que le bois sur pied était plus sec que si on l'avait passé au four, et que si les fermiers étaient un tant soit peu malins, ils couperaient leur blé dès maintenant pour éviter d'y perdre. Même le Missouri était bas, les poissons crevaient et des plages de vase desséchée apparaissaient entre les rives, le courant paressait, on ne faisait plus de bateau.

Mon père donnait tous les jours des leçons de golf à des aviateurs et à leurs copines. Au Wheatland Club, il faisait des parties à quatre avec des éleveurs, des gars qui travaillaient dans le pétrole, des banquiers et leurs épouses dont il s'efforçait d'améliorer le jeu, étant payé pour ça. Les soirs de cet été-là, en rentrant du travail, il s'asseyait à la table de la cuisine en écoutant un match de football qui se disputait dans l'Est et en buvant de la bière, ou bien il lisait le journal tandis que ma mère préparait le dîner et que je faisais mes devoirs dans la salle de séjour. Il parlait des gens du club. « Ils sont assez sympa, disait-il à ma mère. Nous n'allons pas devenir riches à bosser pour des riches mais on peut finir par avoir

15

de la chance à force de les fréquenter. » Ça le faisait rire. Il aimait Great Falls. Là, il s'imaginait que le monde lui appartenait, qu'il y avait encore tout à découvrir, que personne n'avait le temps de vous mettre des bâtons dans les roues et que c'était le moment rêvé pour y vivre. Je n'ai aucune idée de ce que pouvaient être ses plans, mais c'était avant tout un homme qui aimait être heureux. Et on aurait dit que, cette fois-ci, il s'était retrouvé à l'endroit parfait pour lui.

Au 1er août, les feux de forêt à l'ouest de chez nous n'étaient toujours pas éteints, il y avait une telle brume que parfois vous ne voyiez ni les montagnes ni la ligne où le ciel et la terre se rencontraient. Vous ne pouviez pas vous en rendre compte quand vous étiez dedans, il fallait grimper au sommet d'une montagne ou en avion, et regarder Great Falls d'en haut. Le soir, quand de ma fenêtre je regardais vers l'ouest, en direction de la Sun River et des montagnes en feu, je goûtais la fumée, je la sentais et je croyais voir des flammes, des collines embrasées et des hommes qui s'affairaient, même s'il n'en était rien, même si je ne voyais qu'une grande lueur rouge et intense au-dessus de l'obscurité, entre le feu et nous. Deux fois il m'arriva de rêver que notre maison avait pris feu, une étincelle à laquelle le vent avait fait faire des kilomètres et des kilomètres avait abouti sur notre toit, consumant tout. Mais je savais, même dans ce rêve, que le monde continuerait à tourner, que nous survivrions et qu'après tout l'incendie n'aurait guère de conséquences. Bien sûr, je ne comprenais pas le sens du mot survivre.

Ce genre de sinistre allait forcément faire changer les cho-

ses et à Great Falls il régnait un sentiment, une attitude générale proche du découragement. Le journal racontait des tas
d'histoires, des histoires ahurissantes. On prétendait que les
Indiens avaient allumé ces feux pour s'assurer du boulot en
les éteignant. Sur une route forestière on avait aperçu un
homme qui lançait des tisons enflammés par la fenêtre de son
camion. Il fallait s'en prendre aux braconniers. La foudre
avait, disait-on, frappé une centaine de fois en une heure un
sommet par là-bas, dans les Marshall Mountains. Au golf, mon
père avait entendu dire que des criminels participaient à la
lutte contre le feu, des assassins, des violeurs incarcérés à Deer
Lodge, des hommes qui s'étaient portés volontaires et en
avaient profité pour se faufiler à nouveau dans la vie civili-
sée. Personne, je pense, ne pouvait seulement imaginer que
Great Falls brûlerait. Bien trop de kilomètres nous séparaient
du feu, bien trop de villes seraient détruites avant, ce serait
trop de malchance d'un coup. Par précaution, les gens arro-
saient le toit de leur maison, on n'avait pas le droit de brûler
les herbes folles des fossés. Chaque jour des avions empor-
taient des hommes prêts à sauter dans les flammes et à l'ouest
on voyait la fumée s'élever telle une nuée d'orage, comme
si le feu allait faire venir la pluie. L'après-midi, quand le vent
s'y mettait de plus belle, nous savions que l'incendie avait
franchi une ligne de tranchées, ou qu'il avançait à vive allure
ou qu'il s'en était pris à un coin jusque-là intact. Et cela nous
concernait tous, même si nous n'avions jamais vu les flammes et ne souffrions pas de leur chaleur.

Je venais d'entrer en première au lycée de Great Falls et

je faisais mes débuts au football, un sport que je n'aimais pas et dans lequel j'étais nul. Je me forçais à y jouer parce que mon père estimait que c'était une façon de me faire des amis. Certains jours, nous étions dispensés de l'entraînement car le docteur prétendait que la fumée pouvait nous abîmer les poumons sans que nous nous en rendions compte. J'en profitais pour aller rejoindre mon père au Wheatland Club, dont le parcours de base avait été fermé pour diminuer les risques d'incendie, et je m'entraînais à ses côtés jusqu'à une heure tardive. Au fur et à mesure qu'avançait l'été mon père se mit à travailler moins de jours par semaine, il passait plus de temps à la maison : la fumée et la sécheresse rebutaient les fidèles du club. Il donnait moins de cours, il avait moins de contacts avec les membres du club avec lesquels il avait sympathisé au printemps. On le voyait davantage à la boutique du club où il vendait des articles de golf, des tenues de sport et des magazines professionnels. Il louait aussi des chariots, et souvent on l'apercevait en train de ramasser des balles le long du fleuve, près des saules, là où le terrain de practice s'arrêtait.

Un après-midi de la fin du mois de septembre, quinze jours après la rentrée des classes, alors que l'incendie qui ravageait les montagnes à l'ouest de chez nous semblait s'éterniser, j'accompagnai mon père sur le terrain de practice avec des seaux à balles. Au loin, sur la gauche, un homme tapait des balles sur le départ d'entraînement. J'entendais le bruit sec du club puis le sifflement des balles décrivant un arc dans la pénombre avant de rebondir dans notre direction. A la maison, la veille, mon père et ma mère avaient parlé des élections qui approchaient. Ils étaient démocrates, c'était de famille. Ce soir-là, mon père avait annoncé qu'il envisageait de voter républicain. Nixon, avait-il expliqué, était un bon avocat, il n'avait pas beaucoup d'allure, soit, mais il saurait tenir tête aux syndicats.

Ma mère se moqua de lui. Elle se cacha les yeux pour faire mine de ne pas le voir et s'exclama :

— Non, Jerry ! Franchement ! Toi aussi tu vas te mettre à militer pour le droit au travail ?

Elle plaisantait. Je pense qu'il lui était bien égal de savoir pour qui il voterait, d'ailleurs ils ne parlaient jamais politique.

— On dirait que les choses sont allées trop loin, poursuivit mon père.

Il posa les mains de chaque côté de son assiette. Je l'entendais respirer. Il était encore en tenue de golf, pantalon vert et polo de nylon jaune portant l'écusson rouge du club. Il y avait eu une grève des chemins de fer cet été-là, mais il n'avait pas parlé des syndicats, d'ailleurs je ne trouvais pas que cette grève nous ait beaucoup gênés.

Debout devant l'évier, ma mère s'essuyait les mains.

— Tu es un travailleur, pas moi, dit-elle. Je me chargerai de te le rappeler, si tu veux bien.

— Si seulement on avait un candidat de la trempe de Roosevelt, remarqua mon père. Lui, au moins, il savait ce qui est bon pour ce pays.

— Les temps ont changé », reprit ma mère en s'asseyant en face de lui, à la table métallique. Elle portait une robe à carreaux bleus et blancs et un tablier. « A l'époque, tout le monde avait peur, même nous. Ça va mieux maintenant. Tu oublies trop vite.

— Je n'ai rien oublié, reprit mon père. Mais à présent, je m'intéresse à l'avenir.

— Dans ce cas, tout est pour le mieux dans le meilleur des mondes et je m'en réjouis. Et je suis sûre que Joe en est ravi lui aussi.

Là-dessus, nous dînâmes.

Mais l'après-midi suivant, au bout du terrain de golf, là-bas, près des saules et du fleuve, mon père était d'une humeur différente. Il n'avait pas donné une seule leçon de la semaine, mais il ne paraissait pas tendu, et il n'en voulait pas au monde entier. Il fumait une cigarette, ce qui n'était pas dans ses habitudes.

— Quel dommage de ne pas travailler quand il fait bon », remarqua-t-il en souriant. Il prit une balle dans son panier, recula et la lança entre les branches des saules, en direction du fleuve. Elle alla s'enfoncer sans bruit dans la boue. « Alors, et ton foot ? s'enquit mon père. Seras-tu le nouveau Bob Waterfield ?

— Non, répondis-je. Je ne crois pas.

— Et je ne serai pas non plus le nouveau Walter Hagen, ajouta-t-il.

Il aimait bien Walter Hagen. Il avait même une photo de lui sur laquelle on le voyait surpris en plein swing, dans un endroit où il y avait de la neige, disparaissant sous un chapeau à larges bords et un gros pardessus, il riait en regardant l'appareil de photo. Mon père conservait cette photo à l'intérieur de la porte du placard de la chambre qu'il partageait avec ma mère.

Il suivit du regard la silhouette du golfeur solitaire qui envoyait des balles sur le fairway.

— Voilà un type qui sait taper la balle, conclut-il en regardant l'homme monter doucement son club, puis accompagner son coup. Il ne prend pas de risque. Envoie ta balle au milieu du fairway et calcule large. Laisse l'autre gars se foutre dedans. C'est ce que faisait Walter Hagen, le golf chez lui, c'était inné.

— Comme pour toi, non? demandai-je.

Ma mère ne m'avait-elle pas dit qu'il n'avait jamais eu besoin de s'entraîner?

— Oui, c'est vrai, répondit mon père en fumant sa cigarette. J'ai toujours trouvé ça facile. Sans doute que je me trompe...

— Je n'aime pas le foot, avouai-je.

Mon père me lança un coup d'œil puis son regard alla se perdre à l'ouest, où le feu obscurcissait le soleil, l'empourprait.

— J'aimais ça, moi, reprit-il, rêveur, quand j'avais le ballon et qu'il fallait que je traverse le terrain en courant et en feintant, je peux dire que j'aimais ça.

— Moi, je ne sais pas feinter, répondis-je.

Je tenais à lui dire ça pour qu'il me dise d'arrêter le football et de faire autre chose. J'aimais le golf et j'aurais été heureux d'y jouer.

— Je n'allais tout de même pas renoncer au golf, remarqua-t-il, même si je ne suis sans doute pas assez lèche-bottes pour ça.

Il ne m'écoutait pas mais je ne lui en voulais pas.

Au loin, sur le départ d'entraînement, j'entendis un bruit sec, le joueur solitaire avait envoyé une balle dans l'air du soir. Il y eut un silence tandis que mon père et moi attendions que la balle retombe et rebondisse. Mais voici qu'elle alla frapper mon père, l'atteignant à l'épaule au-dessus du revers de sa manche, pas trop fort, juste assez pour lui faire mal.

— Ça alors, nom de Dieu ! Regarde-moi ça !

Il jeta un coup d'œil sur la balle, par terre, à côté de lui, puis il se frotta le bras. Nous vîmes l'homme qui l'avait envoyée s'en retourner au club, en balançant son driver comme si c'était une canne. Il n'avait pas la moindre idée de l'endroit où tombaient ses balles. Il ne s'était pas douté un instant qu'il avait pu toucher mon père.

Mon père regarda l'homme disparaître dans le long bâtiment blanc du club. Il resta là un moment, comme s'il écoutait ou pouvait entendre quelque chose que je ne pouvais pas entendre, des rires, peut-être, ou de la musique dans le lointain. Il avait toujours été un homme heureux et je crois qu'il devait tout simplement attendre qu'un événement lui redonne sa joie de vivre.

— Si tu n'aimes pas le foot », et il me regarda soudain comme s'il avait oublié ma présence, « alors laisse tomber. Mets-toi plutôt au javelot. C'est très gratifiant. J'en ai fait jadis.

— D'accord.

Et je repensai au lancer du javelot, de ce qu'un javelot devait peser, de quoi il était fait et qu'il ne devait pas être facile de bien le lancer.

Mon père fixait l'horizon où le ciel était beau, sombre, bariolé.

— Ça flambe par là-bas, n'est-ce pas? Je le sens d'ici.

— Moi aussi, répondis-je, regardant à mon tour.

— Tu as l'esprit clair, toi.» Il me regarda. «Il ne t'arrivera jamais rien de bien méchant.

— Je l'espère.

— Et moi aussi.

Et nous continuâmes à ramasser des balles de golf en revenant au club.

Lorsque nous atteignîmes la boutique du club, celle-ci était éclairée. Par la vitrine, j'aperçus un homme seul, assis sur un siège pliant, en train de fumer un cigare. Il était en complet, mais il avait sa veste sur le bras et portait des chaussures de golf marron et blanches.

Lorsque mon père et moi pénétrâmes avec nos seaux et nos balles de practice, l'homme se leva. Je pouvais sentir son cigare et l'odeur bien propre de son équipement de golf tout neuf.

— Salut, Jerry, dit l'homme en souriant et en tendant la main à mon père. Qu'est-ce que vous en pensez de ma forme aujourd'hui?

— Je ne m'étais pas rendu compte que c'était vous, répondit mon père en serrant la main de l'homme. Vous avez un swing à toute épreuve. Vous pouvez en être fier.

— Oh! je les envoie un peu dans tous les azimuts, répondit l'homme en remettant son cigare dans sa bouche.

— Tout le monde en est là, soupira mon père en me faisant signe de me rapprocher de lui. Je vous présente mon fils Joe, Clarence Snow. Clarence est le président du club et le meilleur golfeur des environs.

Je serrai la main de Clarence Snow qui avait une cinquantaine d'années et des doigts effilés, osseux, robustes, comme ceux de mon père. Sa poignée de main n'était pas très vigoureuse.

— Vous nous avez laissé des balles là-bas? s'enquit Clarence Snow en passant la main dans ses cheveux noirs et clairsemés et en jetant un regard sur le parcours plongé dans l'obscurité.

— Sûrement pas mal, nous avons perdu notre lampe.

— Et toi, fiston, tu y joues aussi? me demanda Clarence Snow avec un sourire.

— Il se débrouille même très bien, intervint mon père sans me donner le temps de répondre.

Il s'assit sur l'autre siège pliant en dessous duquel attendaient ses mocassins et il entreprit de délacer ses chaussures de golf blanches. Mon père portait des chaussettes jaunes qui laissaient voir des chevilles pâles et glabres, il regardait fixement Clarence Snow tout en défaisant ses lacets.

— Il faut que je vous parle, Jerry, dit Clarence Snow.

Il me lança un coup d'œil et renifla.

— Pas de problème, répondit mon père. Ça peut attendre demain ?

— Non, ce n'est pas possible. Pourriez-vous monter dans mon bureau ?

— Bien sûr », dit mon père. Il avait quitté ses chaussures de golf. Il souleva son pied, le frotta, pressa ses orteils sur le sol. « Les outils de l'ignorance, dit-il en me souriant.

— Ce ne sera pas très long, reprit Clarence Snow.

Et il sortit par la porte de devant, nous laissant seuls mon père et moi dans la boutique éclairée.

Mon père se renversa dans son fauteuil pliant, il étira ses jambes devant lui et remua ses doigts de pied dans ses chaussettes jaunes.

— Il va me vider. Si tu veux savoir, c'est ça qui va se passer.

— Comment peux-tu penser une chose pareille ? demandai-je, choqué par ma propre question.

— Tu n'y connais rien, fiston, à ces choses-là, reprit mon père. Ça m'est arrivé à moi d'être foutu à la porte, c'est des choses qu'on sent.

— Pourquoi ferait-il ça ?

— Peut-être qu'il va s'imaginer que j'ai sauté sa femme », dit mon père. Je ne l'avais jamais entendu dire une chose pareille, je fus à nouveau choqué. Il regardait par la fenêtre, dans l'obscurité. « Bien entendu, je ne sais même pas s'il en a une de femme. » Mon père commença à remettre ses chaussures de ville, des mocassins noirs, luisants, tout neufs, avec une bonne semelle bien épaisse. « Peut-être que j'ai piqué du

25

pognon au jeu à l'un de ses copains. Oh! tu sais, il n'a pas
besoin d'avoir une raison.» Il glissa les chaussures blanches
sous son siège et se leva. «Attends-moi ici», dit-il. Je savais
qu'il était en colère mais qu'il ne voulait pas que je m'en rende
compte. Il aimait vous laisser croire que tout allait pour le
mieux, il voulait que tout le monde soit heureux, dans la
mesure du possible. «D'accord? dit-il.

— D'accord, répondis-je.

— Pense donc à de jolies filles en mon absence, ajouta-t-il
en souriant.

Là-dessus, il sortit de la petite boutique et se dirigea d'un
pas presque nonchalant vers le club, me laissant en compagnie des rangées de clubs de golf argentés, des sacs de cuir
neufs, des chaussures et des boîtes de balles — ces autres outils
du métier de mon père, immobiles et silencieux autour de
moi, comme des trésors.

Lorsque mon père revint, au bout d'une vingtaine de minutes, son pas était plus rapide que lorsqu'il était parti. Un bout
de papier jaune dépassait de sa chemise, son visage était
contracté. J'étais assis sur le siège qu'avait occupé Clarence
Snow. Mon père ramassa ses chaussures qui étaient restées
sur le tapis vert, les cala sous son bras, se dirigea vers la caisse
d'où il se mit à retirer de l'argent.

— On ferait mieux d'y aller, dit-il doucement, tout en glissant de l'argent dans la poche de son pantalon.

— Il t'a vidé ? demandai-je.

— Oui.

Il demeura un moment immobile derrière le tiroir-caisse ouvert, comme si ces mots résonnaient étrangement à ses oreilles ou voulaient dire autre chose. Il avait l'air d'un garçon de mon âge en train de faire quelque chose qu'il ne devrait pas faire et s'efforçant de paraître décontracté. Je me dis que Clarence Snow avait dû lui dire de vider la caisse avant de partir, que tout l'argent qu'elle contenait était pour lui.

— Que veux-tu, c'était trop beau », dit-il. Puis il ajouta : «Regarde autour de toi, Joe. Regarde s'il y a quoi que ce soit dont tu aies envie.» Il jeta un coup d'œil en direction des clubs, des sacs de golf en cuir, des chaussures, des pulls et des tenues dans les vitrines, ces choses qui coûtaient les yeux de la tête et que mon père appréciait. «Sers-toi, c'est à toi.

— Je ne veux rien, dis-je.

Mon père me regarda de derrière la caisse.

— Tu ne veux franchement rien ? Rien de tous ces machins qui coûtent si cher ?

— Non, dis-je.

— Tu n'es pas rancunier, c'est ton problème. Et on ne peut pas dire que ce soit un bien gros problème...» Il referma le tiroir-caisse. «La guigne c'est dur à digérer, tu ne trouves pas ?

— C'est vrai, dis-je.

— Tu veux savoir ce qu'il m'a sorti ?

Mon père appuya ses paumes sur le comptoir de verre. Il me sourit, comme s'il croyait que c'était drôle.

— Dis-moi !

— Il m'a dit qu'il ne me demandait pas de réponse mais qu'il pensait que je volais. Un péquenaud a perdu son portefeuille sur le parcours et, comme ils n'ont pas été fichus de trouver qui avait pu faire ça, ça m'est retombé dessus. » Il secoua la tête. « Je ne suis pas un voleur, moi. Tu le sais, non ? Voler, c'est pas mon genre.

— Je le sais, dis-je.

Et je ne pensais pas qu'il était un voleur. Je me disais que si l'un de nous deux avait des chances d'en être un ce serait plutôt moi que lui, et je n'en étais pas un.

— Que veux-tu, j'étais trop populaire par ici, c'est ça le fond du problème, dit-il. Si tu aides les autres, c'est pas pour autant qu'ils t'aimeront. On dirait des Mormons.

— Je suppose, dis-je.

— Quand tu seras plus vieux », dit mon père — et il sembla vouloir s'arrêter là. « Et que tu voudras connaître la vérité, n'écoute pas ce que les gens te racontent...

Et ce fut tout ce qu'il ajouta.

Il contourna la caisse, tenant à la main ses chaussures blanches. Ses poches de pantalon étaient bourrées de billets. « Allons-y. » Arrivé à la porte, il éteignit et nous sortîmes dans la tiédeur de cette nuit d'été.

Lorsque nous eûmes traversé le fleuve, atteint Great Falls et rejoint Central Avenue, mon père s'arrêta devant une épicerie à côté de chez nous ; il y entra, acheta une canette de bière et revint s'asseoir dans la voiture en laissant la portière ouverte. L'air s'était rafraîchi avec le coucher du soleil, on se serait cru en automne, en dépit de la sécheresse, du ciel bleu pâle et plein d'étoiles. L'haleine de mon père sentait la bière, je savais qu'il imaginait la conversation qu'il aurait avec ma mère à notre retour et comment ça se passerait.

— Tu sais ce qui se passe quand ce que tu redoutais le plus te tombe dessus?

Nous étions assis, à la lueur de la petite épicerie. Des voitures passaient derrière nous, le long de Central Avenue, des gens rentrant du travail, des gens qui songeaient à des choses qu'ils avaient envie de faire et dont ils se réjouissaient.

— Non, répondis-je.

J'étais en train de penser au lancer du javelot, un grand arc de cercle dans l'air pur, je le voyais redescendre comme une flèche, j'imaginais mon père en train de le lancer, quand il avait mon âge.

— Rien ne peut y faire, vois-tu », reprit-il, et il se tut quelques secondes. Il releva les genoux, prit sa canette de bière à deux mains. «Nous devrions peut-être nous lancer dans le banditisme, braquer ce magasin ou autre chose, tant qu'à faire aller jusqu'au bout.

— Je n'en ai pas l'intention, dis-je.

— Je suis sans doute un imbécile, dit mon père en agitant sa canette jusqu'à ce que la bière pétille doucement à l'intérieur, mais que veux-tu, pour l'instant, je vois mal quelles possibilités s'ouvrent à moi. » Il se tut. « Aimes-tu ton papa? reprit-il, d'une voix normale, au bout d'un moment.

— Oui, dis-je.

— Sais-tu que je prendrai bien soin de toi?

— Oui, dis-je. J'en suis sûr.

— Tu peux compter sur moi.» Mon père referma la portière et il resta assis à regarder l'épicerie à travers le pare-brise. Les gens allaient et venaient derrière la vitrine. «Les choix ne ressemblent pas toujours à des choix», dit-il. Il démarra la voiture et posa sa main sur la mienne comme vous la poseriez sur celle d'une fille. «Ne t'inquiète pas, dit-il. Je me sens parfaitement calme, maintenant.

— Je ne suis pas inquiet, répondis-je.

Et je ne l'étais vraiment pas, car je me disais que ça s'arrangerait. Et même si je me trompais, ça ne fait jamais de mal de se préparer à accueillir tout ce qui peut vous tomber dessus.

APRÈS CETTE soirée du début septembre, les choses se mirent à bouger plus rapidement et à changer. Notre vie à la maison changea. La vie de mon père et ma mère changea. Le monde, pour autant que j'aie pu m'en faire une idée, changea. Quand vous avez seize ans, vous ignorez ce que vos parents savent, vous n'avez pas vraiment idée de ce qu'ils comprennent et encore moins de ce qui se passe dans leur cœur. Cela peut vous épargner de devenir trop tôt adulte, ou de voir votre vie devenir une répétition de la leur, car vous y perdriez. Mais vous barricader — ce qui ne fut pas mon cas — paraît être une erreur encore plus grande, car ce que vous y perdez c'est la vérité de la vie de vos parents, la leçon que vous devriez en tirer, et plus encore, la façon dont vous devriez évaluer le monde dans lequel vous allez vivre.

Le soir où mon père rentra chez nous après avoir perdu son travail au Wheatland Club, il l'annonça tout de go à ma mère et ils agirent tous deux comme s'il s'agissait d'une sorte de plaisanterie. Ma mère ne parut ni mécontente, ni bouleversée, elle ne lui demanda pas non plus pourquoi il avait été flanqué à la porte. Assise à table pendant que nous dînions, ma mère semblait réfléchir. Elle dit qu'elle ne pourrait pas trouver un poste de remplaçante avant la fin du trimestre mais qu'elle irait s'inscrire au rectorat. Elle ajouta que d'autres gens viendraient faire des offres d'emploi à mon père quand ils sauraient qu'il était libre et que là-dessous se cachait une occasion à saisir — la raison même de notre venue dans le Montana —, et que les habitants du Montana ne savaient pas reconnaître un trésor quand ils en avaient un sous le nez. Elle lui souriait en disant ça. Elle dit aussi que je pourrais trouver un travail, et je répondis que je le ferais. Elle dit que peut-être elle devrait devenir banquière, mais qu'il lui faudrait reprendre ses études. Elle se mit à rire. Elle conclut : «Tu peux faire autre chose, Jerry. Sans doute as-tu assez joué au golf pour le restant de tes jours.»

Après dîner, mon père se rendit dans la salle de séjour où il écouta les nouvelles d'une station de Salt Lake City que nous arrivions à capter le soir et il s'endormit sur le canapé en tenue de golf. Tard dans la nuit, ils allèrent dans leur chambre et fermèrent la porte. Je les entendis parler. J'entendis encore rire ma mère. Puis mon père se mit à rire à son tour et dit, à haute voix : «Ne me menace pas, je n'en peux plus.» Plus tard, ma mère remarqua : «Disons que tu as été vexé, Jerry, c'est tout.» Au bout d'un moment j'entendis l'eau couler dans la baignoire et je sus que mon père était assis dans la salle de bains en train de parler à ma mère qui prenait son bain, c'était une chose qu'il aimait faire. Plus tard encore, j'entendis leur porte se fermer, le bruit sec de l'interrupteur puis la maison se verrouilla dans son silence.

Pendant un certain temps mon père parut avoir perdu le goût du travail. Au bout de quelques jours, on téléphona du Wheatland Club — un homme qui n'était pas Clarence Snow expliqua que quelqu'un avait fait une erreur. Je pris la communication et le message à transmettre à mon père, mais celui-ci ne rappela pas. La base aérienne l'appela, mais il ne prit pas non plus la communication. Je sais qu'il ne dormait pas bien. J'entendais des portes se fermer la nuit, des verres s'entrechoquer. Certains matins, je regardais par la fenêtre de ma chambre et l'apercevais dehors, dans l'air frais, s'entraî-nant avec un driver, envoyant une balle en plastique d'un bout du jardin à l'autre, allant et venant de son pas souple comme si rien ne le tracassait. Parfois, il m'emmenait faire de grandes promenades en voiture après l'école, jusqu'à High-wood, Belt et Geraldine, à l'est de Great Falls, et il me lais-sait prendre le volant sur les chemins de campagne au milieu des champs de blé où je ne faisais courir aucun risque à per-sonne. Un jour, nous traversâmes le fleuve jusqu'à Fort Ben-ton où, assis dans la voiture, nous regardâmes les golfeurs jouer sur le parcours minuscule qui domine la ville.

Au bout de quelque temps, mon père se mit à partir de chez nous le matin comme un homme qui se rend à son tra-vail. Et bien que nous ne sachions pas où il allait, ma mère me dit qu'elle pensait qu'il allait en ville, oui, il lui était déjà arrivé de quitter son emploi, cela faisait toujours peur au début, mais il finissait par faire face à la situation et retrouver la joie de vivre. Mon père commença à porter des habits différents, pantalons kaki, chemises de flanelle, des vêtements comme tout le monde, il ne parlait plus de golf. Il parlait des incendies qui, en cette fin du mois de septembre, continuaient à ravager les cañons au-dessus d'Allen Creek et de Castle Reef, des noms que je connaissais par le *Tribune*. Il s'exprimait de façon plus saccadée. Il me raconta que la fumée de ces incendies faisait le tour du monde en cinq jours, que le bois ainsi perdu aurait pu servir à construire cinquante mille maisons comme la nôtre. Un vendredi, nous allâmes tous les deux au City Auditorium assister à un combat de boxe où les gars de Havre affrontaient ceux de Glasgow. Une fois dans la rue, nous vîmes le rougeoiement nocturne du feu que pâlissaient les nuages, comme si nous étions encore en été.

— Même s'il se mettait à pleuvoir dans les cañons, c'est pas ça qui viendrait à bout du feu. Ça ferait semblant de s'arrêter mais ça repartirait de plus belle. » Il cligna des yeux tandis que la foule du match de boxe nous bousculait. « Mais à Great Falls, ajouta-t-il avec un sourire, on peut dire qu'on est à l'abri.

C'est à cette époque que ma mère se mit à chercher du travail. Elle fit une demande auprès du rectorat. Elle travailla deux jours dans un magasin de vêtements puis elle démissionna. « Ce qui me manque, ce sont des amis qui ont le bras long », plaisanta-t-elle. C'est vrai qu'à Great Falls nous ne fréquentions personne, mis à part les gens de l'épicerie ou la pharmacie que connaissait ma mère et les quelques relations de mon père au Wheatland Club, et disons qu'aucun d'eux ne mit jamais les pieds chez nous. Je pensais que si mes parents avaient eu quelques années de moins, nous serions peut-être partis ailleurs, nous contentant de plier bagages. Mais personne ne mentionna cette possibilité. On aurait dit que nous attendions tous quelque chose. Dehors, les arbres avaient fini de jaunir et les feuilles tombaient sur les voitures garées contre le trottoir. C'était mon premier automne dans le Montana, et je trouvais que les arbres de notre quartier ressemblaient à ceux d'un État de l'Est et non pas à ce à quoi je m'attendais dans le Montana. En fait, je m'attendais à ne pas voir d'arbres, juste des prairies à découvert, la terre et le ciel se rejoignant à perte de vue.

— Je pourrais trouver un boulot de prof de natation », me confia ma mère un matin où mon père était parti tôt et où je fouillais la maison pour retrouver mes livres de classe. Debout, dans sa robe de chambre jaune, elle prenait une tasse de café, en regardant par la fenêtre qui donnait sur la rue. « Une dame de la Croix-Rouge m'a dit que si j'acceptais de donner un cours collectif, on m'autoriserait à donner des cours particuliers. » Elle me sourit et croisa les bras. « Après tout, j'ai mon brevet de sauvetage.

— C'est une excellente idée, dis-je.

— Je pourrais réapprendre à ton père à nager sur le dos...

Ma mère m'avait appris à nager, elle était bon professeur. Quand nous étions à Lewiston, elle avait voulu apprendre à mon père à nager sur le dos mais sans guère de succès, elle en riait encore. «Cette dame a dit que dans le Montana les gens veulent nager. Pourquoi, je te le demande? Rappelle-toi que tout a toujours un sens.

Debout dans l'encadrement de la fenêtre, elle se croisa les bras frileusement et se mit à se balancer d'avant en arrière, comme aux aguets.

— Oh! ça veut tout simplement dire qu'un de ces jours une grande crue nous emportera tous autant que nous sommes. Même si j'ai du mal à y croire. Et ceux d'entre nous qui *ne seront pas* emportés par les eaux, ils flotteront. C'est mieux, tu ne trouves pas?

Elle but une gorgée de café.

— Il faudrait une fin heureuse pour tout le monde, suggérai-je.

— C'est facile, dit-elle. Dommage qu'il y en ait qui se compliquent la vie.

Là-dessus, elle retourna à la cuisine préparer mon petit déjeuner avant que je ne parte en classe.

Au cours des jours qui suivirent, ma mère commença à travailler au YWCA de Great Falls, dans l'immeuble de brique de la Deuxième Rue nord, à côté du palais de justice. Elle se rendait à pied à son travail, emportant dans une mallette son maillot de bain, son déjeuner et de quoi se maquiller avant de rentrer à la maison. Mon père déclara qu'il était content de la voir travailler là, et qu'il aimerait bien que je trouve moi aussi un boulot, ce que je n'avais pas fait. De son côté, il n'était question ni de travail, ni de la façon dont il passait ses journées, ni de celle dont il envisageait notre avenir, ni même de ses projets. Il me paraissait hors de portée, on aurait cru qu'il avait découvert un secret qu'il refusait de révéler. Un jour, en rentrant du foot, je l'aperçus dans un Jack'n Jill, assis au comptoir en train de boire une tasse de café et de manger une part de tarte. Il portait une chemise écossaise rouge et un bonnet de laine, il n'était pas rasé. Un homme que je ne connaissais pas était assis à côté de lui sur un tabouret, il lisait le *Tribune*. Ils semblaient être ensemble. Une autre fois, par un jour de grand vent, je le vis qui sortait du tribunal en veste de laine, un livre à la main. Il tourna au coin, à hauteur de la bibliothèque, et disparut ; je ne le suivis pas. Une autre fois, je le vis pénétrer au Faisan Rouge, un bar que fréquentaient, d'après moi, les officiers de police de Great Falls. Il était midi, il était temps de déjeuner, je ne pus rester pour tenter d'en savoir davantage.

Quand je mentionnai ces rencontres à ma mère, elle répondit :

— Il est encore mal dans sa peau, ça va s'arranger. Ne t'inquiète pas, il a toutes ses cases.

Pour ma part, je ne trouvais pas que ça allait si bien que ça. Je ne pense pas que ma mère en savait plus long que moi.

Elle était simplement étonnée mais elle lui faisait confiance et se disait qu'elle pouvait patienter encore un peu. Je finissais par me demander si mes parents avaient eu des problèmes dont je n'avais rien su ou s'il y avait toujours eu entre eux un léger décalage que je n'avais pas remarqué. Je sais que le soir venu, quand, dans mon lit, j'attendais le sommeil en écoutant le vent se lever, j'entendais la porte de leur chambre s'ouvrir puis se refermer tout doucement tandis que ma mère allait faire son lit sur le canapé de la salle de séjour. Un jour, j'entendis mon père lui dire tandis qu'elle sortait : « Alors, tu as changé ta façon de penser, non ? » « Non », répondit ma mère. La porte se referma et elle n'ajouta rien. Je ne crois pas que j'étais censé être au courant de ça et je n'ai pas idée de ce qu'ils se dirent ou firent pendant ce temps. Il n'y avait jamais ni cris ni disputes. Ils ne passaient pas la nuit ensemble, c'est entendu, mais pendant la journée, en ma présence, quand la vie devait suivre son cours normal, on ne remarquait rien de particulier entre eux. Ils allaient et venaient, c'est tout. Rien qui puisse faire penser qu'il y avait le moindre problème ou malentendu. Moi, je savais tout simplement qu'il y en avait, et que ma mère, pour des raisons bien à elle, commençait à s'éloigner de mon père.

Au bout de quelque temps, j'abandonnai le football. Je voulais trouver un boulot, même si je me disais qu'au printemps j'essayerais de lancer le javelot comme l'avait suggéré mon père. A la bibliothèque, j'avais trouvé l'ouvrage *Track and Field for Young Champion* et, ayant découvert la réserve dans le sous-sol du lycée, j'y inspectai les deux javelots en bois rangés dans l'obscurité, contre le mur de béton. Ils étaient lisses, polis et plus épais que je ne les imaginais. Pourtant, quand j'en pris un, il me parut léger et parfaitement adapté à son usage. Je me dis que je serais capable de le lancer et que ce pourrait être un art, si étrange soit-il, où j'excellerais un jour d'une manière qui satisferait mon père.

Je ne m'étais pas fait d'amis à Great Falls. Les garçons de l'équipe de football habitaient au centre de la ville, à Black Eagle, sur l'autre rive du fleuve. J'avais eu des amis à Lewiston, en particulier une fille du nom d'Iris, qui allait à l'école catholique et avec qui j'avais correspondu pendant plusieurs semaines, quand nous avions déménagé à Great Falls au printemps. Mais elle était allée passer l'été à Seattle et ne m'avait pas écrit. Son père étant officier, je me dis que la famille avait peut-être déménagé. Cela faisait un moment que je n'avais pas pensé à elle, en fait, je ne tenais pas vraiment à elle. A l'époque, j'aurais dû attacher plus d'importance à davantage de choses, comme une petite amie ou des livres, ou même avoir un rêve. Mais la seule chose qui m'importait c'était ma mère et mon père. Depuis, je me suis rendu compte que nous n'étions pas une famille qui s'intéressait à grand-chose.

J'avais trouvé un boulot chez le photographe de la Troisième Avenue. On y prenait des photos d'aviateurs, des photos de fiançailles ou de classe et mon boulot était de faire le ménage après l'école, de remplacer les ampoules des projecteurs et de réarranger les décors et disposer les meubles pour les séances de pose du lendemain.

Je terminais à dix-sept heures et il m'arrivait de rentrer en passant par le YWCA. Je me glissais par la porte de derrière et descendais dans la longue piscine dallée où ma mère donnait des cours à des groupes d'adultes jusqu'à dix-sept heures puis jusqu'à dix-huit heures, et où elle était libre de donner des cours particuliers qui lui étaient payés directement. Là-bas, tout au bout, derrière les gradins vides, je restais à la regarder, à écouter sa voix, apparemment heureuse et pleine d'entrain, prodiguer conseils et encouragements. Sur le bord, en maillot de bain noir, elle esquissait des mouvements de natation, à l'intention de ses élèves debout dans le petit bassin. Il y avait surtout des vieilles dames et des messieurs âgés au crâne chauve tacheté par l'âge. De temps en temps, ils plongeaient leur visage dans l'eau et refaisaient les mouvements que ma mère venait de leur montrer — des gestes lents et saccadés —, sans vraiment nager ni même avancer, en restant simplement debout, sur place, à faire semblant. «Rien de plus facile, disait gaiement ma mère, tandis qu'elle brassait l'air épais. Faut pas avoir peur, c'est amusant comme tout. Pensez à tout ce que vous avez raté.» Elle leur souriait quand ils relevaient la tête, dégoulinant, plissant les yeux et toussotant. «Regardez», ajoutait-elle, et la voilà qui enfonçait son bonnet de bain, joignait les mains au-dessus de sa tête, pliait les genoux, puis elle s'élançait, s'enfonçait dans l'eau puis refaisait surface et nageait, les doigts bien soudés, en pliant les bras avant de fendre l'eau d'un geste souple, en s'étirant au maximum avant de recommencer le mouvement. Les personnes âgées — des éleveurs, pensais-je, et des ex-femmes de fermiers —, la contemplaient, muets d'admiration, envieux. Et je la regardais moi aussi, en me disant que quelqu'un d'autre que mon père ou moi, en voyant ma mère pour la première fois, penserait : « Voilà une femme heureuse » ou « Voilà une femme bien roulée » ou « Voilà une femme que j'aimerais mieux connaître, mais je n'aurai jamais cette chance ». Et j'en concluais que mon père était loin d'être un imbécile et que l'amour c'était fait pour durer, même si parfois il semblait s'éloigner sans laisser de traces.

Le premier mardi d'octobre, veille du début des World Series, mon père rentra la nuit tombée. L'air était frais et sec et lorsqu'il entra par la porte de derrière, il avait les yeux brillants, les joues rouges, on aurait cru qu'il avait couru.

— Tiens, tiens, et d'où sort-il celui-là ? s'exclama ma mère, mais sans méchanceté.

Elle était en train de couper des tomates au bord de l'évier. Elle le regarda en souriant.

— Il faut que je prépare mon baluchon, annonça mon père. Je ne dîne pas ici ce soir, Jeanne.

Là-dessus, il retourna dans leur chambre. Assis contre la radio, en attendant l'heure des nouvelles du championnat de base-ball, je l'entendis ouvrir une armoire et remuer des cintres.

Ma mère me regarda, puis s'adressant au couloir, un épluche-légumes à la main, elle demanda d'une voix calme :

— Où vas-tu, Jerry ?

— Je vais m'occuper de ce feu », répondit mon père haut et fort depuis la chambre. Il était très excité. «Depuis le temps que j'attendais d'avoir ma chance. On m'a dit il y a une demi-heure qu'il y avait une place. Vous ne vous y attendiez pas, je le sais...

— Tu y connais quelque chose aux incendies ?» Ma mère avait le regard fixé sur le seuil désert, comme si mon père s'y tenait encore. «Moi, au moins, je peux dire que je m'y connais. Mon père était expert pour une compagnie d'assurances. Tu te rappelles, non ?

— Il m'a fallu contacter des tas de gens », reprit mon père. Je l'imaginais assis sur le bord du lit en train de changer de chaussures. La lampe était allumée et son sac était sorti. «Je peux te garantir que c'est pas facile d'avoir ce boulot.

— Tu m'as entendue ? demanda ma mère, l'air impatient. J'ai dit qu'en matière d'incendie tu n'y connaissais que dalle. Tu seras brûlé, c'est tout.

Elle regarda la porte de derrière laissée entrouverte, mais elle ne la referma pas.

— Je suis allé à la bibliothèque et j'y ai lu beaucoup d'ouvrages sur les incendies de forêt », dit mon père. Il sortit dans le couloir et se rendit à la salle de bains, alluma et ouvrit l'armoire à pharmacie. «Je pense en savoir assez pour ne pas y laisser ma peau.

— Tu aurais pu au moins m'en parler, tu ne crois pas ? commenta ma mère.

J'entendis l'armoire à pharmacie se refermer, mon père apparut à l'entrée de la cuisine. Il avait l'air différent. Il avait l'air d'être sûr de sa décision.

— C'est vrai, j'aurais dû, mais je ne l'ai pas fait, c'est tout.

Il avait sa trousse de toilette à la main.

— Rien à faire, tu n'iras pas. » De l'autre bout de la cuisine, ma mère lança un coup d'œil à mon père, pour ainsi dire au-dessus de ma tête, avec un semblant de sourire. « C'est une idée ridicule, reprit-elle en secouant la tête.

— Non, elle n'a rien de ridicule, rétorqua mon père.

— Tu n'y connais rien », poursuivit ma mère en s'essuyant les mains à son tablier bleu, même si ses mains n'avaient pas l'air d'être mouillées. Elle était énervée. « Tu n'as pas besoin de te lancer là-dedans. Je travaille à présent.

— Je le sais », dit mon père. Il s'en retourna dans la chambre. J'aurais voulu sortir de l'endroit où j'étais, mais je ne connaissais pas de meilleur endroit pour entendre ce qu'ils pourraient se dire. « Nous allons creuser des tranchées par là-bas », dit-il depuis la chambre. Je l'entendis refermer son sac d'un bruit sec. Il réapparut à l'entrée, tenant le gros sac que son père lui avait donné quand il était parti à l'université. « Tu ne cours pas le moindre danger, dit-il.

— Je pourrais mourir en ton absence », reprit ma mère. Elle s'assit à la table métallique et le regarda. Elle était en colère. Sa bouche se durcissait. « Réfléchis, tu as tout de même un fils…, dit-elle.

— Je ne serai pas parti bien longtemps, dit mon père. Il va bientôt neiger et ça sera fini. » Il se tourna vers moi : « Et toi, Joe, qu'en penses-tu ? Tu trouves que c'est une mauvaise idée ?

— Non, dis-je.

J'avais parlé trop vite, sans réfléchir à ce que cela signifiait pour ma mère.

— Tu ferais ça, toi aussi, n'est-ce pas ? demanda mon père.

— Dis-moi, ça te plairait que ton père brûle comme une torche et que tu ne le revoies plus jamais ? reprit ma mère. Après ça, toi et moi on n'aura plus qu'à filer tout droit en enfer. Qu'est-ce que tu en penses ?

— Ne dis pas ça, Jeanne, dit mon père.

Il posa son sac sur la table de la cuisine, alla s'agenouiller près de ma mère et essaya de la prendre dans ses bras, mais elle se leva de sa chaise et retourna là où elle coupait ses tomates, ramassa le couteau et le pointa vers lui, encore agenouillé à côté de la chaise vide.

— Je suis une femme adulte, moi », dit-elle. On la sentait très en colère. « Tu ne peux pas te comporter en adulte, non ?

— On ne peut pas tout expliquer, dit mon père.

— Figure-toi que moi, je peux tout expliquer, reprit ma mère.

Elle posa le couteau, sortit de la cuisine, se rendit dans la chambre, la chambre où elle ne dormait plus avec mon père, et referma la porte.

Mon père me regarda, il était encore à côté de la chaise où ma mère s'était assise.

— J'ai l'impression que mon jugement ne vaut plus rien, dit-il. C'est ce que tu penses, toi ?

— Non, dis-je. Je le respecte.

Et c'est vrai, j'estimais qu'il avait raison, qu'aller lutter contre le feu était une bonne idée, même s'il y risquait sa peau vu qu'il ne connaissait rien en la matière. Mais je ne pouvais pas le lui dire, sachant trop bien comment il le prendrait.

La nuit tombée, mon père et moi nous rendîmes à pied au temple maçonnique de Central Avenue. Un autocar scolaire du Yellow Cascade County était garé au coin de la rue, des hommes, en petits groupes, attendaient de partir. Parmi eux, il y avait des vagabonds, je le voyais à leurs chaussures et à leur mise, mais il y avait aussi des hommes comme les autres, sans doute au chômage. Sous un lampadaire, trois femmes attendaient de partir. A l'intérieur du car, dans la pénombre, je distinguais des Indiens installés dans quelques sièges. Je voyais leurs visages ronds, leurs cheveux lisses, le reflet de leurs lunettes dans l'obscurité. Personne ne s'assiérait à côté d'eux. Certains buvaient, je distinguais l'odeur du whisky dans l'air nocturne.

Mon père déposa son baluchon sur une montagne de sacs à côté du car, puis il me rejoignit. A l'intérieur du temple maçonnique, dont les hautes marches menaient à une porte vitrée, toutes les lumières étaient allumées et plusieurs hommes regardaient ce qui se passait dehors. L'un d'eux, celui que j'avais aperçu avec mon père au café Jack'n Jill, avait un bloc à la main et il parlait à un Indien à côté de lui. Mon père lui adressa un signe.

— Les gens ont la manie de s'étiqueter les uns les autres, dit mon père. Je n'aimerais pas que tu t'y mettes. On ferait bien de vous apprendre ça en classe.

Je regardais les hommes autour de moi. La plupart d'entre eux n'étaient pas vêtus assez chaudement, ils se balançaient frileusement d'un pied sur l'autre. On voyait que c'était des hommes habitués à travailler, même s'ils ne paraissaient guère ravis de partir comme ça en pleine nuit se battre contre le feu. Aucun n'avait l'air aussi enthousiaste que mon père.

— Qu'est-ce que vous ferez une fois là-bas ? dis-je.

— On opérera sur le front de l'incendie, on creusera des tranchées que le feu ne traversera pas. A vrai dire, je n'en sais pas beaucoup plus. » Il mit les mains dans les poches de sa veste et souffla dans sa chemise. « Que veux-tu, ça me travaille, il faut que je fasse quelque chose.

— Je comprends, dis-je.

— Tu diras à ta mère que je ne voulais pas la mettre dans tous ses états.

— Promis.

— Nous n'avons aucune envie de nous réveiller dans un cercueil, n'est-ce pas ? Ça serait une foutue surprise. » Il posa la main sur mon épaule, m'attira à lui avec un drôle de petit rire, comme si pareille idée lui donnait des frissons. Il regarda Central Avenue, le Pheasant Lounge, cet endroit où je l'avais aperçu la semaine précédente. Sur l'enseigne rouge lumineuse au-dessus de la porte, ailes déployées, un gros faisan prenait son essor dans la fraîcheur de la nuit. Quelques-uns des hommes qui attendaient devant le temple avaient traversé la rue pour se rendre au bar. « Bonté, je n'y pense que maintenant ! Dis-moi, tu n'as pas froid ? s'exclama-t-il, en me pressant à nouveau l'épaule avant d'enfouir ses mains dans les poches de sa veste.

— Un petit peu, répondis-je.

— Dans ce cas, rentre à la maison, tu n'as pas besoin de me voir monter dans un autocar. Et puis, il se peut que ça soit encore long. Ta mère doit être en train de se faire du mauvais sang pour toi.

— D'accord.

— Inutile qu'elle se mette en colère contre toi, elle l'est déjà assez contre moi.

Je regardai mon père. J'essayai de distinguer les traits de son visage à la lumière des lampadaires. Il me souriait et je crois qu'il était heureux de ce moment, heureux que je sois avec lui, heureux d'aller affronter un incendie et de risquer ce qu'il était prêt à risquer. Cela me paraissait étrange, pourtant, que cet homme, qui gagnait sa vie en jouant au golf, devienne un beau jour un homme qui luttait contre les feux de forêt. Mais c'était comme ça et je pensais que je finirais par m'y habituer.

— Tu es trop grand pour embrasser ton papa ? me demanda mon père. Les hommes ça peut aussi s'aimer, tu sais...

— Oui, dis-je.

Et il prit mes joues entre ses mains et m'embrassa sur la bouche en me pressant le visage. Il avait l'haleine douce et le visage rugueux.

— Ne va pas te laisser abattre par ce que peuvent faire tes parents, dit-il.

— Promis. Ne t'inquiète pas.

Pour une raison que j'ignore, j'eus peur que rester là soit une façon de lui montrer que cela m'atteignait, je fis donc demi-tour et remontai Central Avenue dans l'obscurité de plus en plus fraîche. Arrivé au coin, je me retournai pour lui faire un signe d'au revoir. Mais mon père n'était nulle part en vue, et je me dis qu'il avait déjà pris place dans le car et attendait, au milieu des Indiens.

Quand j'atteignis la maison, il y avait encore de la lumière. Dans sa chambre, ma mère, encore habillée, regardait la télévision en buvant un verre de bière. Lorsque j'arrivai sur le pas de la porte, elle me regarda comme si j'étais mon père et que tout ce qu'elle pouvait penser de lui, elle le pensait aussi de moi.

— Alors, ça y est, il est parti se mesurer au grand incendie ? demanda-t-elle.

Elle avait dit ça d'un ton presque détaché. Elle tendit la main et posa son verre sur la table de nuit.

— Il a pris un car, expliquai-je.

— Comme un écolier, dit-elle.

Elle regarda son verre de bière.

— Il m'a dit qu'il n'avait pas eu l'intention de créer tous ces problèmes.

— J'en suis bien sûre, reprit ma mère. Que veux-tu, il a toujours de nobles intentions. Qu'est-ce que tu penses de tout ça ?

— Oh ! Je pense que ça va s'arranger.

Ma mère prit son verre, but une gorgée et secoua la tête en l'avalant.

— Et moi là-dedans?» dit-elle en posant son verre sur son estomac. A la télévision les gens riaient. Un gros bonhomme poursuivi par un chien tournait autour d'un gringalet. Je me sentais mal à l'aise, là, dans cette pièce. «Peut-être qu'il va me quitter, qui sait, peut-être sommes-nous déjà seuls?

— Je ne le vois pas faisant ça.

— Nous n'avons pas été très proches l'un de l'autre ces derniers temps, je préfère te le dire.

Je ne répondis rien.

— Tu trouves sans doute que je fais trop d'histoires pour ça, non?

— Je ne sais pas ce que tu penses, dis-je.

— Le problème, c'est le chacun pour soi, voilà tout», ajouta-t-elle en secouant la tête comme s'il s'agissait d'une plaisanterie. «Oui, c'est simple, on fait ce dont on a envie. Si ça te va, parfait, sinon, tant pis. Il faut se mettre ça dans la tête, dit ma mère. Une fois que tu as pigé ça, tu as tout pigé.» Elle laissa sa tête s'enfoncer dans l'oreiller, les yeux rivés sur le plafonnier. «Bonheur, tristesse, le grand jeu, quoi. Tu es heureux si...

A ce moment précis, le téléphone sonna dans la cuisine. J'allais répondre, mais ma mère me dit :

— Ne répondons pas.

Le téléphone insistait, de sa sonnerie bruyante et métallique, puisqu'il était posé sur la table, comme si celui qui appelait avait un message urgent. Mais nous n'allions pas l'entendre. Je devais avoir l'air nerveux car ma mère me sourit de ce sourire qu'elle avait toujours eu pour moi.

— Qui crois-tu que ça puisse être ? demanda-t-elle.

Le téléphone cessa de sonner. En dehors de la télévision, la maison demeura silencieuse.

— Peut-être que c'était Papa, dis-je.

— Peut-être, répondit-elle.

— A moins que ce soit une erreur de numéro, repris-je. Cependant je pensai qu'il s'agissait d'un appel de mon père, et je me sentis inquiet de ne pas y avoir répondu.

— On ne le saura jamais, dit ma mère. Mais ce que je disais c'est que...» Elle finit sa bière. «Tu es un homme heureux si tu désires instinctivement ce qui fait le bonheur de l'autre. S'il n'en est pas ainsi, alors, je ne sais pas, tu dois être dans les limbes...

— Où ça se trouve ça ? demandai-je, car je n'en avais jamais entendu parler.

— Oh ! c'est l'endroit où personne n'a envie de se retrouver. C'est le milieu, là où tu ne peux plus te raccrocher aux bords et où rien ne se passe. Comme maintenant.

Je crus un moment que le téléphone allait se remettre à sonner, je sentis un courant passer dans les lignes de la maison, comme si elles faisaient partie de moi, comme si elles étaient vivantes ou vibraient d'un message. Mais le téléphone ne sonna pas et mon impression s'évanouit.

— Demain ça ira peut-être mieux, qui sait..., conclut ma mère. Disons qu'aujourd'hui ce n'est pas merveilleux...» Elle

éteignit la lampe de chevet. « Éteins, s'il te plaît. » J'éteignis
le plafonnier. « Et va te coucher toi aussi, ajouta-t-elle, allon-
gée, tout habillée, éclairée par le reflet de la télévision. Il va
se passer quelque chose qui fera tout paraître différent.

— Je l'espère, dis-je.

Ma mère se tourna vers le mur. Je crus qu'elle venait de
s'endormir, car elle s'était tue. Je gagnai ma chambre, au bout
du couloir, et il ne me fallut pas longtemps pour m'endormir à mon tour.

Le lendemain, je me rendis en classe comme si c'était
n'importe quel autre jour, mais au moment où je partais, ma
mère m'annonça qu'elle irait voir dans la matinée si elle pouvait trouver un emploi mieux rémunéré que les leçons de
natation.

— Je n'ai aucune envie de me retrouver sans le sou »,
expliqua-t-elle. En combinaison devant le lavabo, elle se mettait des barrettes noires dans les cheveux. « Nous devrons peut-
être déménager d'ici pour quelque chose de plus petit, dit-
elle. J'y ai réfléchi. Ça t'ennuierait ?

— Je pense que Papa reviendra, dis-je.

— Ah bon ? Tu en es sûr ?

Elle me regarda dans le couloir, avec mon blouson et mes
bouquins de classe sous le bras. Dans la maison, il faisait
chaud. Le radiateur de la salle de bains était au maximum,
j'apercevais les petites flammes bleues.

— Oui, dis-je. Totalement sûr.

J'étais étonné de la voir déjà envisager ces changements.

— Parfait. Je prends note, dit-elle. Merci. » Des épingles dans la bouche, les mains dans les cheveux, elle me regarda en hochant la tête. « Tu es trop confiant, mon garçon. Tu ne ferais pas un bon avocat. Tu ne veux pas devenir avocat, je présume ?

— Non, répondis-je.

— Que veux-tu faire plus tard ?

C'était quelque chose dont nous n'avions pas précisément parlé depuis longtemps, aussi ma réponse n'était-elle pas prête.

— J'aimerais trouver quelque part un travail dans les chemins de fer, répondis-je.

— Tu n'as guère d'ambition, commenta ma mère. Tu peux faire mieux que ça. Cet après-midi, quand tu rentreras, tâche d'avoir une meilleure réponse. » Ma mère se regarda dans le miroir. « Nous avons fait des études, ton père et moi, même si ça ne se voit pas. » Elle se contempla, plissa le nez. « On est comme on est, je suppose, reprit-elle. Tu perds ton temps à rester là à me regarder, mon chéri. Dépêche-toi d'aller en classe.

Et je suivis son conseil.

En rentrant de classe, à trois heures — ce n'était pas un des jours où je travaillais chez le photographe —, il y avait devant la maison une voiture, une Oldsmobile rose, à quatre portes, que je n'avais jamais vue, et dans notre salle de séjour, il y avait un homme, un homme que je n'avais jamais vu non plus.

Quand j'arrivai à la porte d'entrée, l'homme se leva. Ma

mère et lui étaient assis dans des fauteuils pas très proches l'un de l'autre. Les cheveux de ma mère étaient retenus par les barrettes noires que je l'avais vue mettre ce matin, l'homme était en costume et cravate. Il faisait encore chaud à la maison et tous deux buvaient de la bière. Ma mère avait retiré ses chaussures et n'avait aux pieds que ses collants.

— Tiens, salut, Joe!» s'exclama-t-elle. Elle paraissait surprise. Elle me sourit, mais ne se tourna pas vers l'homme qui était dans la pièce avec elle. «Je suppose que tu ne travaillais pas aujourd'hui.» Elle leva la main vers l'homme pour le présenter. «Je te présente Mr. Miller. Warren, je vous présente mon fils, Joe Brinson.

— Je connais déjà Joe, dit l'homme.

Il s'avança vers moi en tendant la main et je vis qu'il boitait légèrement, une simple claudication qui lui faisait tirer la jambe sur le côté, comme si elle avait été plus courte que l'autre. C'était du côté gauche qu'il boitait mais il ne semblait pas en souffrir car il sourit en me serrant la main. Grand, costaud, il portait des lunettes et il était plus âgé que mon père, il devait avoir la cinquantaine. Il plaquait en arrière ses cheveux clairsemés. Il ressemblait à quelqu'un que j'avais déjà vu mais que je ne parvenais pas à me rappeler. Je ne croyais pas avoir jamais entendu son nom. Warren Miller.

Quand Warren Miller prit ma main dans sa grosse patte, il la garda un moment comme s'il voulait me faire savoir qu'il en était heureux. Sa peau donnait une sensation de chaleur, il avait une grosse bague, un anneau en or surmonté d'une

pierre rouge. Il portait des bottes de cow-boy noires et bien
cirées.

— Je suis content de te voir, fiston, dit-il.

Je pouvais sentir son odeur, un mélange de tabac et de bril-
lantine.

— Moi aussi.

— Comment vous connaissez-vous ? demanda ma mère, qui
souriait encore.

Elle m'adressa un clin d'œil.

— Je connais son père », répondit Warren Miller. Il fit un
pas en arrière, posa ses mains sur ses hanches, découvrant
ainsi son large torse. Très pâle, il mesurait plus d'un mètre
quatre-vingts. On aurait dit qu'il m'inspectait. « Son père est
un sacré joueur de golf. Il m'est arrivé deux fois de jouer
contre lui au Wheatland Club, et il nous a pris tout notre
argent. Joe l'attendait.

— Tu te rappelles, Joe ?

— Oui, répondis-je, alors qu'en fait je ne me rappelais pas.

Warren Miller me regardait comme s'il savait que je ne me
rappelais pas.

— Et maintenant, si j'ai bien compris, ton père est parti
affronter ce gros incendie, n'est-ce pas ?

Il sourit comme si cette idée lui plaisait. Il avait toujours
ses grosses mains sur les hanches.

— C'est exact, répondis-je.

— Ou, du moins, c'est ce qu'il nous a dit..., reprit ma mère.

— C'est bien. J'admire, déclara Warren Miller. C'est très
bien. Tu n'aimerais pas y aller toi aussi ? Je suis bien sûr que si.

— Oui, monsieur, dis-je.

— En fait, je crois qu'il en meurt d'envie, Warren, aussi
fou que cela puisse paraître, dit ma mère qui, toujours assise,
était forcée de lever les yeux pour nous regarder. En général, son père et lui voient les choses de la même façon.

— Je ne pense pas qu'il y ait de quoi s'affoler, reprit Warren
Miller. Moi aussi, je suis passé par là. Nous les hommes, on
comprend ça.

— Les hommes ne comprennent pas grand-chose, dit ma
mère. Ce n'est pas leur fort. Ils ne se réveillent pas en pleurant non plus. C'est le lot des femmes...

— Je n'ai jamais entendu dire ça, dit Warren Miller. Et
toi, Joe ? Je peux vous dire que je me suis réveillé un certain
nombre de fois en pleurant ! Surtout à Songjin. » Il dirigea son regard vers ma mère. Je crois qu'il aurait aimé
revenir sur ce sujet, mais il se contenta d'ajouter : « En
Corée.

— Warren est venu m'emprunter un livre, dit ma mère en
se levant. Je file le chercher.

Elle alla dans la chambre où ses livres étaient empilés dans
le bas du placard, derrière ses chaussures.

— C'est exact », dit Warren Miller qui devait être en train
de parler du livre. Il me regarda à nouveau. « Parfois on se
trompe rien que pour se prouver qu'on est bien en vie, dit-il
d'une voix douce, d'une voix qu'il n'aurait pas voulu, je crois,
que ma mère entende.

— Je comprends, dis-je.

Parce que c'était vrai, je comprenais ça, moi. Je pensais que c'était ce dont parlait mon père la nuit précédente, quand, dans l'obscurité, il attendait de monter dans le car.

— Mais tout le monde ne le comprend pas, reprit Miller. Je te le garantis.» Il fouilla dans la poche de son pantalon et en ressortit quelque chose qu'il garda dans sa grosse main. «Je vais te faire un cadeau», dit-il. Il ouvrit la main, j'aperçus un couteau de poche, un petit canif en argent. Sur le manche était gravé : BIRMANIE - 1943. «Mais il y a aussi des histoires dont il vaut mieux ne pas se mêler, ajouta-t-il. Ça te rappellera ce qu'il faut choisir.

— Merci, dis-je.

Je pris le couteau, il était tiède et dur, plus lourd que je ne l'aurais cru. J'eus la brève impression que je ne devrais pas le prendre, mais j'en avais vraiment envie et puis ce cadeau me rendait Warren Miller sympathique. Je savais qu'il n'en parlerait pas à ma mère. Moi non plus.

— On finit toujours par tout faire, je suppose», disait ma mère dans l'autre pièce. J'entendis la porte du placard se refermer et le bruit des pas de ma mère sur le plancher. Elle apparut dans l'encadrement de la porte du couloir. «Vous avez entendu ce que j'ai dit ?» Elle tenait un petit livre à la main et elle souriait. «Seriez-vous en train de comploter contre moi ? demanda-t-elle.

— Nous bavardions, c'est tout, dit Warren Miller.

Je fis glisser le canif au fond de ma poche.

— Je l'espère bien, dit ma mère. Tenez.» Elle lui tendit le livre. «Il vient de ma bibliothèque personnelle. *Ex libris* Jeannette, précisa-t-elle.

— Qu'est-ce que c'est ? demanda Warren Miller.

Il prit le livre, examina la couverture bleu foncé.

— Ce que vous m'avez demandé, reprit ma mère. Un recueil de poèmes de William Wordsworth. « A force d'amasser et de jouir nous gaspillons tous nos talents », je me souviens de ça.

— Moi aussi, je m'en souviens, dit Warren Miller.

Il prit le livre dans ses deux mains et contempla la couverture.

— Je viens d'apprendre à Mr. Miller à nager, dit ma mère. Et maintenant il a envie de se mettre à la poésie. » Elle lui sourit et se rassit dans son fauteuil. « Il va m'employer dans son silo, ajouta-t-elle.

— C'est vrai, promis, dit Warren Miller.

— Mr. Miller possède un silo, expliqua ma mère. En fait, il en possède trois. Je suis sûr que tu les as vus, mon chéri. » Elle se tourna vers l'arrière de la maison et pointa le doigt par-derrière sa tête. « Là-bas, sur l'autre rive, les gros machins blancs, tu sais... C'est bien tout ce que nous avons comme vue par ici... Ils doivent être pleins d'avoine.

— Qu'est-ce qu'il y a dedans ? demandai-je.

— Du blé, répondit Warren Miller. Mais ce n'est pas une bonne année. Il fait trop chaud.

— Il fait aussi trop sec, ajouta ma mère, au cas où vous ne l'auriez pas remarqué. Voilà pourquoi nous avons tous ces incendies.

— C'est exact », dit Warren Miller qui paraissait mal à l'aise. Le livre à la main, il se rapprocha de la porte d'entrée. C'était soudain étrange de le voir là, cet homme de cinquante ans qui connaissait ma mère. J'essayai de l'imaginer en maillot de bain. «Il faut que je voie un gars pour une histoire de chien», dit-il. Il posa sur moi sa main à la grosse bague dorée et rouge, je pouvais la sentir sur mon épaule. «Je suis heureux de t'avoir vu, Joe, dit-il.

— J'en suis heureuse aussi, dit ma mère.

Elle ne se leva pas. Elle semblait bizarre, comme si quelque chose l'avait affectée et qu'elle voulait faire croire le contraire.

— Passez donc me voir demain, Jeannette. Entendu? dit Warren Miller qui boitait en se dirigeant vers la porte.

— Entendu, répondit ma mère. Je passerai. Joe, peux-tu ouvrir la porte pour Mr. Miller?

Je m'exécutai, avec mes livres à la main et, en poche, le canif en argent qu'il m'avait donné.

— J'espère te revoir, me dit Warren Miller.

— C'est dans le domaine du possible, dit ma mère.

Nous regardâmes Warren Miller descendre en boitant les marches de l'entrée, franchir le portail de bois et se diriger vers son Oldsmobile, garée dans les feuilles mortes, de l'autre côté de la rue.

— Il est sympathique», me dit ma mère. Elle s'était rassise et se mit à me regarder une fois que j'eus refermé la porte. «Tu ne trouves pas?

— Assez, oui.

— Il nage pas mal du tout. Tu serais étonné de voir ça. Surtout pour un homme de sa corpulence. Il a fait deux guerres mais il n'avait jamais appris à nager. Ça ne te paraît pas bizarre ? En principe, c'est impossible. » Elle fixa le plafond, comme si elle repensait à tout ça. « J'ai dit que je pouvais tout expliquer, n'est-ce pas ? Je reconnais qu'en fait, je ne peux pas.

Je regardai par la fenêtre du salon et vis l'Oldsmobile, elle n'avait pas bougé. Assis au volant, Warren Miller contemplait notre maison. De la main, je lui fis signe. Mais il ne pouvait pas me voir. Il resta ainsi encore un moment, puis il démarra et s'en alla.

A cinq heures, ma mère entra dans ma chambre tandis que je m'acharnais sur un problème de géométrie. Elle avait fait la sieste après le départ de Warren Miller, puis elle avait pris un bain et parlé au téléphone. Quand elle descendit dans ma chambre, elle était habillée dans un style qui me parut insolite : un jeans, une chemise blanche, des bottes de cow-boy bleues dont je connaissais l'existence mais que je ne lui avais jamais vu porter. Elle avait noué autour de son cou un foulard rouge.

— Qu'est-ce que tu en penses ? demanda-t-elle en regardant le bout de ses bottes.

— Pas mal, dis-je.

— Merci beaucoup. » Elle se contempla dans la glace qui était au-dessus de ma commode, de l'autre côté de la pièce. « C'est comme ça que je m'habillais lorsque nous habitions dans l'État de Washington, dit-elle. C'était il y a un siècle. » Elle saisit la poignée de la porte et, sans bouger, la tourna

doucement. «Pendant les rodéos, je me tenais toujours derrière la piste des taureaux dans l'espoir qu'un cow-boy me
remarquerait. Cela rendait mon père enragé. Il voulait que
j'aille à l'université, et c'est ce que j'ai fini par faire. Et c'est
là aussi que je veux que tu ailles, je te signale.

— J'en ai bien l'intention, dis-je.

J'y avais déjà réfléchi, mais je n'avais pas pensé à un métier.
J'espérais qu'elle ne me reposerait pas de questions à ce sujet
avant quelque temps.

— Southern Cal est une très bonne université», dit ma
mère. Elle regarda par la fenêtre de ma chambre, se baissant
un peu comme pour voir ce qui se passait vers l'ouest. «C'est
là que je veux que tu ailles. Là ou à Harvard. Ce sont deux
bonnes universités.

— C'est là que j'irai, dis-je.

J'ignorais où se trouvaient ces universités, ni pourquoi on
prétendait qu'elles étaient bonnes. J'en avais entendu parler,
c'était tout.

— Il me semble que je ne t'ai jamais emmené à un rodéo,
dit-elle. Je le regrette.» Appuyée contre la porte de ma chambre, elle me regardait, allongé sur le lit, au milieu de mes bouquins et de mes notes. Elle pensait à quelque chose qui n'avait
rien à voir avec moi, je le sentais. Peut-être pensait-elle à mon
père. «Dans l'Ouest, les rodéos font partie de l'éducation des
garçons. A Briscoe, je faisais des courses de tonneaux. Eh oui,
j'ai fait ça. Avec d'autres filles. C'est comme ça que j'étais
habillée. Je faisais ça pour attirer l'attention, c'est tout. On
nous appelait les belles de la piste. Intéressant, non? Ça te

61

fait pas de l'effet d'apprendre ça au sujet de ta mère ? De savoir qu'elle était une de ces belles de la piste ?

— Papa m'a raconté ça, dis-je. Il aime ce genre de choses.

— C'est vrai ? Franchement ? Je m'en réjouis. C'est bon de savoir que vos parents n'ont pas toujours été vos parents. Cela me fait du bien en ce moment.

— Ça aussi, je le savais, dis-je.

— Bravo, félicitations ! » s'exclama ma mère. Elle fit le tour de mon lit et alla regarder par la fenêtre, notre jardin ensoleillé, le fleuve, la raffinerie de pétrole et, au loin, le ciel brumeux, au-delà duquel mon père luttait contre le feu. « Aimerais-tu faire un tour en voiture ? me demanda-t-elle en posant les doigts sur la vitre comme pour la pousser. J'aimerais aller voir l'incendie. Je crois qu'on peut s'y rendre en voiture, j'ai lu ça dans le journal. Tu peux considérer ça comme le début de tes études supérieures.

— Oui, j'aimerais voir ça, dis-je en refermant mon livre de géométrie.

— Peut-être que tu verras là quelque chose d'épouvantable dont tu te souviendras toute ta vie, reprit ma mère dont les doigts étaient toujours sur la vitre. Ce n'est pas tous les jours qu'on voit ça, à mon âge en tout cas. Au tien, peut-être que si...

— Quel âge as-tu ? demandai-je, me rendant compte que j'ignorais son âge et celui de mon père.

— Trente-sept ans », dit ma mère ; et elle me regarda attentivement. « Ça te paraît le mauvais âge ? Tu préférerais que je dise cinquante ? Tu te sentirais mieux ?

— Non, dis-je. Trente-sept me va très bien.

— Serait-ce que tu ne te sens pas assez protégé ?

— J'avoue que je n'ai pas réfléchi à la question...

— Je n'aurai pas cet âge éternellement, reprit-elle. Par conséquent, n'y réfléchis pas trop. Tu ne saurais plus où tu en es.

Elle sourit et secoua la tête. Je crus qu'elle allait se mettre à rire, mais elle ne rit pas. Elle sortit de la chambre et alla se préparer dans la sienne.

Nous avons quitté Great Falls dans la Plymouth familiale et nous avons roulé vers l'ouest, longeant la Sun River par la Nationale 200. Nous avons traversé Vaughn, Simms, Fort Shaw et Sun River, des villes à la limite des terres à blé au-delà desquelles se dressaient les montagnes. Dans cette lumière claire de soir d'automne, tout — les chaumes, les ormes, les peupliers au-dessus de Fairfield Bench — paraissait doré et desséché, de la couleur du soleil. Dans les tourbillons du fleuve, on apercevait des canards, ici et là un fermier éclaircissait ses champs de maïs en prélevant du fourrage. Il me semblait curieux qu'un incendie persiste à pareille époque et pourtant, au-delà d'Augusta, la ville où commençaient les montagnes, la fumée s'élevait, tel un écran qui dérivait vers le nord, en direction du Canada. Épaisse et blanche au pied des montagnes, elle s'éclaircissait et s'effilochait en s'élevant. Plus ma mère nous en rapprochait, plus les pics disparais-

saient derrière la fumée, on finissait par oublier les montagnes, et au fur et à mesure que la fumée s'épaississait les plaines et le monde semblaient prendre fin.

— Tu sais comment on appelle les arbres dans un feu de
forêt ? me demanda ma mère tandis que nous traversions
Augusta, où il n'y avait que quelques bâtiments, un hôtel dont
les néons rouges annonçaient un bar et une station-service
— et quelques gens sur le trottoir.

— Non. Comment ?

— Du fuel. Les arbres sont du fuel. Le fuel fait flamber la
forêt et fait fuir le furet. Tu as déjà entendu ça ?

— Non, dis-je.

— C'était une plaisanterie du temps où j'étais étudiante, dit-
elle. Et sais-tu comment on appelle les arbres qui restent après
le passage du feu ?

— Non.

— Les morts debout, répondit ma mère. Tu ne trouves pas
que la terminologie est intéressante ? Mon père m'apprenait
tout ça. Il trouvait que cela m'ouvrait l'esprit.

— Et les animaux ? demandai-je.

— Oh ! Ils s'adaptent, mais c'est dur pour les petits. Ils n'y
comprennent rien. Ils n'ont même pas le temps de se rendre
compte de ce qui se passe. Quand j'étais gosse, ça me faisait
pleurer et mon père me répétait que ce n'était pas ça qui les
aiderait. Il avait raison.

Nous traversâmes Augusta, prîmes un chemin de terre qui
franchissait un ruisseau et allait se perdre dans la fumée blanche. La nuit approchait, derrière la fumée le soleil paraissait

blanchâtre, tandis qu'au nord et au sud le ciel du soir s'empourprait.

Le feu était là, devant nous, même si nous ne voyions pas encore les flammes. Des voitures étaient garées au bord de la route. Debout dans l'herbe ou assis sur le capot de leur voiture, des gens regardaient avec des jumelles ou prenaient des photos. Certains avaient des plaques d'immatriculation signalant qu'ils venaient d'un autre État, d'autres brandissaient des torches électriques. Certaines voitures repartaient avec leurs phares allumés.

— Cette odeur est carrément écœurante », dit ma mère en s'éclaircissant la gorge. Je ne savais pas si elle savait où nous allions. Elle conduisait dans la fumée. « Cela attire les gens. Ils n'ont aucune envie que ça finisse.

— Pourquoi ? demandai-je en regardant la colline.

Tandis que le ravin rétrécissait, j'apercevais des petits feux jaunes isolés et, dans l'obscurité, des lignes de front de plus en plus longues ainsi que des formes humaines à peine distinctes qui bougeaient dans les arbres.

— Que veux-tu, ils doivent se dire qu'il y a pire ailleurs, alors tant qu'à faire, ils préfèrent une tragédie qu'ils connaissent par cœur. Ce n'est pas une pensée bien noble.

— Peut-être que tu te trompes, dis-je.

Et je le pensais parce que je ne voyais pas le rapport que cela pouvait avoir avec mon père.

— Peut-être que non, dit ma mère. Peut-être que tu es intelligent et que je suis stupide.

— Tu l'aimes bien, Miller ? demandai-je.

Cela faisait depuis l'après-midi que je voulais le savoir, mais il me paraissait impensable de poser la question, alors que maintenant, je ne sais pourquoi, cela semblait possible.

— Tu veux dire Mr. Miller? Warren? reprit ma mère.

— Oui, dis-je. Tu l'aimes bien?

— Pas vraiment, dit-elle. Mais autour de lui, ça bouge. Il donne cette impression, tu ne trouves pas?

— Je n'en sais rien, dis-je.

J'avais dans ma poche le canif qu'il m'avait donné, une babiole destinée à s'attirer mes bonnes grâces. Mais c'était tout ce qu'il y avait eu entre Warren Miller et moi.

— Il va m'employer comme comptable à son silo, dit ma mère. C'est appréciable, tu sais. Et il nous a invités tous les deux à dîner chez lui demain soir. Ça tombe bien, je n'avais pas envie de faire la cuisine. Pourquoi me demandes-tu ça?

— J'avais juste envie de savoir.

A vrai dire, ce que je voulais savoir, c'était ce qu'elle pensait du départ de mon père, et j'espérais qu'ainsi la conversation déboucherait sur ce sujet. Mais ce ne fut pas le cas, et je me trouvais à court de moyens.

— C'est toujours chacun pour soi, dit ma mère. Rien d'autre.

— Qu'est-ce que ça veut dire? dis-je.

— Rien, mon chéri, je pensais tout haut. C'est une mauvaise habitude. Tu sais poser les bonnes questions. Tu t'étonnes toujours de tout. Tu auras une vie merveilleuse.

Elle sourit.

— Tu veux dire que toi, tu ne t'étonnes pas?

— Plus guère..., dit ma mère. Oh! bien sûr, il m'arrive d'être confrontée à l'inattendu. Mais c'est tout. Tiens, regarde là-haut !

En face de nous, au bout du cañon, la route du ravin aboutissait à une grande prairie au-delà de laquelle s'élevait une colline abrupte, constellée de petits feux parmi les arbres clairsemés.

— Ne faisons pas les choses à moitié », dit ma mère en arrêtant la voiture dans le ravin où des feux brûlaient à une dizaine de mètres de la route. Elle éteignit le moteur. « Ouvre ta portière, dit-elle. Regarde l'effet que ça fait.

J'ouvris et descendis sur la route comme elle me l'avait suggéré. Sur la colline, à droite, à gauche, par-devant, par-derrière, j'étais encerclé par le feu. Les petits feux jaunes et les tranchées clignotaient dans les broussailles, j'aurais pu les toucher en tendant la main. C'était comme si le vent soufflait et que le feu faisait éclater les branches. La chaleur m'agressait. Les jambes, les doigts me cuisaient. Je sentais l'odeur résineuse, pénétrante et brûlante des arbres et du sol en train de se consumer. Je n'avais qu'une idée : filer avant d'être asphyxié.

Je remontai dans la voiture, refermai la portière. Il fit aussitôt plus frais et le bruit diminua.

— Alors, qu'est-ce que tu en penses ? demanda-t-elle en me regardant.

— Quel vacarme ! répondis-je.

Mes jambes et mes pieds me brûlaient encore.

— Ça t'a plu ?

— Non, j'ai eu une sacrée frousse.

Et c'était bien ça ce que j'avais ressenti quand le feu m'encerclait.

— Il s'agit simplement d'une multitude de petits foyers qui parfois se déchaînent tous en même temps. N'aie pas peur, je voulais que tu voies ce qui enchante tellement ton père. Tu comprends ça, toi?

— Non, répondis-je en songeant que mon père ne s'était peut-être pas attendu à un incendie pareil et qu'il avait sans doute envie de rentrer.

— Moi non plus, je ne comprends pas, dit ma mère. Il n'y a là aucun mystère.

— Peut-être a-t-il été étonné? suggérai-je.

— Je n'en doute pas, répondit ma mère. Je regrette que ni toi ni moi ne partagions sa façon de voir.

Elle mit le moteur en marche et démarra.

Dans la prairie, il y avait un campement où l'on apercevait des camions et des éclairages provisoires suspendus entre des poteaux en bois. Des feux de moindre importance brûlaient au bord de la route. Des gens allaient et venaient dans le camp, surtout, je pense, des hommes qu'on avait amenés là pour lutter contre l'incendie. Certains étaient allongés sur des lits de camp, dans des tentes dont les rabats étaient restés ouverts. D'autres, debout, bavardaient, d'autres encore étaient assis dans des camions. Un petit avion sombre dont la queue était ornée d'une étoile blanche était posé un peu plus loin, dans la prairie. De l'autre côté de la route sur laquelle nous étions, mais devant nous, il y avait une modeste station-service devant laquelle étaient garés d'autres camions et, dans la pénombre de ce début de soirée, se balançait l'enseigne lumineuse blanche d'un CAFÉ. Nous dépassâmes une pancarte annonçant Truty, Montana, si tant est qu'on ait pu appeler ville cette zone que le feu délimitait.

— Quel endroit!» s'exclama ma mère en regardant à travers le pare-brise tandis que nous traversions cette petite agglomération. Du doigt, elle me montra le campement. «Ce que tu vois par ici, c'est la base, c'est de là qu'on part et c'est là qu'on revient. Il y a toujours de la fumée, rien à faire pour s'en dégager, dit-elle.

— Tu crois qu'on peut y aller en voiture pour essayer de retrouver Papa?

— Non, c'est impossible, répondit ma mère d'un ton sec. Tu penses, il vient d'arriver, ils vont le garder jusqu'à ce qu'il s'écroule et puis, un beau jour, il redescendra s'il est encore en état. Non, je n'ai pas l'intention d'aller le chercher. As-tu faim?

— Oui, répondis-je.

Mais je regardais la colline et ne l'écoutais qu'à moitié. Là-haut, dans l'obscurité, les flammes venaient de s'en prendre à un grand épicéa. Une étincelle avait atterri sur l'une de ses branches, le transformant en une torche jaune qui s'élançait dans la nuit et décochait ses flammèches en direction des autres arbres, avant de s'élever en volutes blanches, que le vent, selon son humeur, faisait mourir ou revivre. Tout cela s'était produit en un clin d'œil et je me rendais compte que c'était dangereux même si c'était si beau. Et là, assis dans la voiture aux côtés de ma mère, je compris la signification du mot « dangereux » : c'était quelque chose qui ne paraissait pas susceptible de vous faire mal, mais qui le ferait malgré tout, vite et traîtreusement. Mais je ne comprenais vraiment pas pourquoi mon père s'exposait au danger, à moins qu'il ait cessé de tenir à la vie ou qu'il éprouve certaine satisfaction à la perdre, ce qui ne correspondait à rien de ce que j'avais pu l'entendre dire.

Au café, nous nous installâmes à une table d'où nous apercevions l'autre côté de la route, le campement et le feu. Au-dessus des crêtes, le ciel était embrasé, ce qui voulait dire que l'incendie s'étendait au-delà de notre champ de vision et que là-bas, au loin, d'autres hommes luttaient.

Ma mère commanda du poulet frit pour nous deux. Tandis que nous attendions, un camion s'arrêta devant le café. Quinze hommes en descendirent, en treillis et bottes, le visage noirci par la suie, ils avaient du mal à se mouvoir et paraissaient épuisés. Ces hommes, de grands gaillards à la démarche pesante, entrèrent dans le café. Sans mot dire, ils allèrent s'installer à quatre tables. Les deux serveuses passèrent entre les tables en leur demandant s'ils voulaient toujours la même chose, steaks et pommes de terre. Ils répondirent que oui et se mirent à boire de l'eau et à parler à voix basse en attendant. Ils étaient jeunes, plus vieux que moi mais tout de même jeunes. Il émanait d'eux une odeur qui envahissait la pièce, une odeur de cendres refroidies, qui venait de leurs vêtements et qui stagnait comme s'ils venaient de sortir des flammes, comme si celles-ci les avaient dévorés et que c'était tout ce qui restait d'eux.

Ma mère avait jeté un coup d'œil dans leur direction quand ils s'étaient assis, elle avait ensuite regardé à nouveau par la fenêtre vers le camp éclairé, au-delà de notre voiture, vers le haut et le flanc de la colline où crépitaient des petits brasiers rappelant des feux de camp. Elle commanda une bière et la but à même la canette, le regard noyé dans le vague.

— Je pense que c'est simplement parce qu'il a perdu son travail », dit-elle. En disant cela, elle fixait les hommes installés aux tables à l'autre bout de la pièce. « Ça l'a rendu fou. J'en suis désolée pour lui, honnêtement.

Elle se retourna vers la fenêtre, vers la nuit.

— Je suis sûr qu'il se porte à merveille, dis-je.

Et je pensais que ces hommes se portaient eux aussi à merveille. Ils étaient là, en train de dîner, et quelque part ailleurs, mon père devait être en train de faire la même chose. Il était seul, c'était tout, et il n'y a pas besoin d'être cinglé pour vouloir être seul, c'est du moins ce que je pensais à l'époque.

— Tu le crois vraiment ? demanda ma mère, tenant sa canette à deux mains, les coudes sur la table.

— Oui, j'en suis sûr.

— Eh bien, figure-toi qu'à mon avis il s'est trouvé une femme là-bas. Je te parie que c'est une Indienne. Une squaw. Et, par-dessus le marché, qu'elle est mariée. » Ma mère me dit cela comme si elle m'accusait et que j'allais devoir lui

71

répondre. Quelque chose en moi devait lui rappeler mon père. «J'ai lu qu'il y avait des femmes là-bas, ajouta-t-elle.

— C'est vrai que j'en ai vu qui y allaient, dis-je.

Un des hommes assis avec ceux qui luttaient contre l'incendie regarda ma mère, car elle avait légèrement élevé la voix.

— Écoute, pour quelle raison crois-tu que les hommes font quelque chose? dit ma mère. Soit c'est parce qu'ils ont un moment de folie, soit c'est parce qu'il y a une femme là-dessous. A moins que ce soit les deux. Tu n'y connais rien. D'ailleurs, comment pourrais-tu? Tu n'as pas encore vécu.» Elle rendit son regard à l'homme qui la dévisageait et porta la main au foulard rouge noué autour de son cou. Elle se tourna vers moi avec un sourire. «Que veux-tu, c'est la loi de la nature..., ajouta-t-elle. Et apprendre les lois de la nature peut faire partie de ton éducation.

— Je suis d'accord, dis-je.

Deux autres des hommes nous regardèrent, l'un d'eux sourit et s'éclaircit la gorge. Je regrettai de ne pas mieux connaître les lois de la nature, parce que ce qui se passait dans notre famille ne semblait ni normal ni naturel.

— Dis-moi, que penses-tu de ton nom? me demanda ma mère d'une voix plus posée. Tu aimes ça, Joe? Disons que ce n'est pas un nom très rare, mais nous ne voulions pas t'affliger d'un prénom trop recherché ni d'un deuxième prénom. Joe nous plaisait.

— J'aime bien. Les gens se le rappellent facilement.

— C'est vrai», dit-elle. Elle jeta un coup d'œil dehors, dans la nuit. Il y avait des étoiles dans ce ciel d'octobre et on les voyait en dépit de la fumée blanche. « Jeannette, dit-elle, je n'ai jamais aimé ça. Ça fait serveuse.

— Qu'aurais-tu préféré ? demandai-je.

— Eh bien... », reprit ma mère en terminant sa bière. Notre repas arrivait. Dans le passe-plat, je pouvais voir deux assiettes fumantes et le haut d'une tête de femme. « ... Lottie », sourit ma mère. De la main, elle releva ses cheveux. « Il y a eu une chanteuse du nom de Lottie. Lottie quelque chose. Lottieda. Une femme de couleur, je crois. Lottie... Qu'est-ce que tu en penses ? Lottie ?

— Je n'aime pas ça, dis-je. J'aime Jeannette.

— Tu es adorable..., dit ma mère avec un sourire. Il faut bien que tu m'aimes comme je suis. Pas en tant que Lottie, je suppose.

Notre repas arriva, nous le mangeâmes tout en parlant des incendies de forêt : comme les villes et les usines ils se perpétuaient sans qu'on ait besoin d'intervenir. Ils avaient du bon car ils régénéraient l'endroit même qu'ils avaient brûlé ; quant aux êtres humains, d'après ma mère, eux aussi pouvaient parfois en bénéficier car, face à quelque chose d'aussi incontrôlable et démesuré, vous vous sentiez bien petit et vous rendiez mieux compte de votre position dans le monde. D'une certaine manière, elle comprenait mon père. Il n'était pas du genre à avoir des accès de folie. Il s'agissait simplement pour lui d'un moment difficile, pour elle aussi d'ailleurs. Ça aussi c'était la loi de la nature, dit-elle. Les gens se sentaient attirés par des choses qui ne devraient pas les attirer. Elle semblait heureuse d'être là avec moi, heureuse de voir l'incendie, heureuse que nous ayons pu nous dire tout ça. Là-dessus, nous reprîmes la route de Great Falls.

Sur le chemin du retour, l'air se refroidit à mesure que nous nous dirigions vers l'est. En dehors de la ville dont les lumières rougeoyaient à l'horizon, le ciel était clair et étoilé. Ma mère s'arrêta à Augusta, y acheta deux autres bières pour la route, les but en conduisant et ne me parla pas beaucoup. Je pensais surtout à mon père et à ce qui pourrait lui faire plaisir à son retour. Il n'était parti que depuis la veille au soir, mais la vie qu'il avait laissée ne me paraissait déjà plus la même et quand j'imaginais son retour, je le voyais descendre de l'arrière d'un camion, comme les hommes du café, mais ni couvert de cendres, ni courbaturé, ni épuisé. Il était propre et il paraissait avoir rajeuni : il ne se ressemblait plus mais il ressemblait à quelqu'un d'autre. C'est alors que je me rendis compte que je ne pouvais plus très bien me rappeler ni son visage ni ses traits. Je pouvais entendre le son de sa voix, mais c'était tout. Et le seul visage que je voyais était celui de cet homme jeune, de cet étranger que je ne pensais pas connaître.

Nous étions presque arrivés à Great Falls, nous avions devant nous une vue nocturne de la ville avec les silos de Warren Miller là-bas, près du fleuve, lorsque ma mère me dit : «Si nous prenions un nouveau chemin ?» Et voici qu'au lieu de continuer tout droit jusqu'à Central Avenue, elle nous emmena plus au nord, de sorte que nous rentrâmes dans la ville en passant par Black Eagle, comme si nous arrivions de Fort Benton ou de la Hi-Line et non pas de l'ouest.

Je ne me demandai pas pourquoi nous avions pris cette route, et je ne pris même pas la peine de le lui demander. Ma mère était de ces gens qui n'aiment pas toujours faire les choses de la même manière et qui aurait fait n'importe quoi pour que la route ne soit pas monotone ou pour qu'une explication ne soit pas la même que la fois précédente. « Ça pimente la vie », disait-elle en délaissant une route par trop connue pour une que nous ignorions, ou quand elle s'offrait quelque chose qu'elle ne s'était jamais offert et dont elle n'avait que faire. « La vie, c'est fait de choses insignifiantes. Il faut s'y accrocher », disait-elle.

Nous descendîmes la longue colline qui va jusqu'au Missouri, derrière laquelle se trouve la partie ancienne de Great Falls, notre quartier, où l'on voit des parcs et des rues bordées d'arbres datant de la création de la ville. Deux pâtés de maisons avant d'arriver au fleuve, ma mère prit sur la gauche et suivit une rue de maisons en bois qui s'alignaient sur le flanc de la colline et avaient vue sur le fleuve et les lumières de la ville. Je connaissais cette rue. Il y avait plus loin un grill italien où mon père m'avait emmené dîner avec d'autres membres du Wheatland Club. « Un fumoir », avait-il déclaré. Rien que des hommes. Et j'avais toujours cru que c'était un quartier où il n'y avait que des Italiens.

Ma mère n'alla pas aussi loin que le restaurant, bien que

j'aie pu le repérer dans la rue sombre, avec ses néons bleus
et les voitures garées devant. Deux pâtés de maisons plus loin,
elle ralentit, baissa la vitre et s'arrêta en face d'une maison
qui surplombait la rue et à laquelle on accédait par un raidil-
lon en béton et des marches non moins raides qui menaient
à l'escalier en bois de la maison. Blanche et haute, avec une
grande fenêtre et une porte sur le côté, cette maison ressemblait à sa voisine. Sur le porche, une lampe était allumée et
les rideaux étaient ouverts et une lampe jaune à l'ancienne
brûlait sur une table. On se serait cru chez une personne âgée.

Ma mère resta un moment à regarder cette maison, puis
elle remonta sa vitre.

— Elle est à qui, cette maison ? demandai-je.

— A Warren », dit ma mère, et elle soupira. « C'est la maison de Mr. Miller.

Elle posa ses mains sur la partie supérieure du volant mais
resta assise à regarder le bas de la rue et le restaurant.

— On entre ?

— Non. D'ailleurs, il n'y a personne. J'avais quelque chose
à demander à Mr. Miller, mais ça peut attendre.

— Peut-être qu'ils y sont, dis-je.

— Ou plutôt qu'*il* y est, corrigea ma mère. Il s'agit seulement de Mr. Miller, il vit seul. Il avait une femme mais elle
l'a quitté, je crois. Sa mère habitait là, mais elle est morte.

— Quand y es-tu allée ? demandai-je.

— Jamais », répondit ma mère qui me parut fatiguée. Elle
avait fait un long trajet pendant l'après-midi et une partie
de la nuit. En outre, depuis la veille, les choses n'avaient pas

été faciles… « J'ai cherché dans l'annuaire, c'est tout, dit-elle. J'aurais dû me contenter de téléphoner. Mais ça ira. Il ne vit pas comme un type plein aux as, n'est-ce pas ? C'est une maison tout ce qu'il y a de plus modeste dans une rue tout ce qu'il y a de plus modeste.

— Non, dis-je.

— Et pourtant il l'est, dit ma mère. Il possède des actions. Il possède ces silos. Il est concessionnaire d'Oldsmobile. Il possède des fermes. C'est difficile de tout se rappeler. » Elle passa en première. Assise dans l'obscurité, on aurait dit qu'elle essayait de se rappeler ou de décider quelque chose. « Il faut que je me réveille, me dit-elle en souriant. Mais je ne sais pas de quoi ni à quoi. C'est un grand changement.

Elle inspira profondément et expira, puis elle laissa la voiture descendre la rue, au ralenti, dans la nuit, vers notre maison. Tandis que nous faisions demi-tour pour rejoindre la rue qui traversait le fleuve, je me demandai ce qu'elle pouvait bien avoir besoin de demander à Warren Miller à neuf heures du soir, quelque chose qui tout d'abord ne pouvait pas attendre, puis avait perdu toute urgence… Et pourquoi ne pouvait-elle aller jusqu'à la porte lui demander ce qu'elle voulait — sans doute quelque chose au sujet de son travail qui commençait le lendemain — et ensuite rentrer chez nous, comme nous étions en train de le faire, normalement, comme tout le monde ?

Ce matin-là, ma mère se leva et s'habilla pour aller travailler. Elle quitta la maison avant même que je sois levé. De ma chambre, je l'entendais aller et venir au-dehors, son pas résonnait sur le sol dur, il me sembla qu'elle était pressée et ne voulait sans doute pas me voir. Je restai au lit à l'écouter jusqu'à ce que j'entende la voiture démarrer à froid dans l'allée, tourner au ralenti quelques minutes, le temps que ma mère aille rechercher quelque chose à la maison, puis descendre la Huitième Rue.

Pendant un certain temps, j'entendis depuis la cave la chaudière se mettre en route, s'arrêter et repartir, les voitures passer dans la rue, les oiseaux se promener sur les gouttières à petits bruits de pattes et d'ailes aussi nets que s'ils avaient été dans ma chambre. Le jour se levait, l'air semblait propre et clair. Mais je me sentais fatigué. J'avais l'impression d'avoir un poids sur les poumons, je faisais du bruit en respirant, la peau me tiraillait. C'était une sensation désagréable et je me demandai si elle disparaîtrait en une journée ou si elle annonçait une vraie maladie.

Pendant quelques minutes je me dis que je n'irais pas au lycée ce jour-là, que je resterais chez moi à dormir ou que j'irais faire un tour en ville comme je l'avais fait à d'autres occasions ou que je me rendrais plus tôt à mon boulot ou que j'irais tout simplement à la pêche. J'avais aussi en tête de me promener du côté du garage Oldsmobile de la Dixième Avenue, histoire d'y jeter un coup d'œil. Après tout, personne ne m'y connaissait. Je pourrais ainsi poser une ou deux questions sur Warren Miller, quel genre d'homme il était. Était-il marié? Avait-il des enfants? Que possédait-il au juste? J'essayais de me rappeler le jour où je l'avais rencontré, avec mon père, au Wheatland Club. Que m'avait-il dit? Et, si je lui avais parlé, que lui avais-je dit? Qu'avait dit mon père? Quel temps faisait-il? Je cherchais à savoir si ma mère le connaissait depuis longtemps ou, au contraire, depuis peu. Non que cela eût la moindre importance ou que cela pût changer quoi que ce soit, mais ça m'aiderait à comprendre la situation de sorte que, si jamais ma vie changeait brusquement, j'aurais matière à réflexion.

Cela faisait un moment que je me prélassais au lit à penser et à repenser à tout ça, quand le téléphone retentit à la cuisine. Croyant que c'était ma mère qui me disait d'aller à mes cours, je faillis ne pas répondre. Mais je m'exécutai, encore en pyjama. C'était mon père qui nous appelait, depuis la zone de l'incendie.

— Salut, Joe! me dit-il d'une voix forte. Alors, qu'est-ce que vous devenez là-bas?

— Je pars au lycée, répondis-je.

— Où est ta mère ? J'aimerais lui dire un mot.

La ligne se mit à grésiller.

— Elle n'est pas là, dis-je. Elle est en ville.

— Elle est fâchée ?

— Non, elle ne t'en veut pas.

— Je l'espère », répondit-il. Il se tut alors quelques secondes, on aurait cru qu'un camion démarrait à côté de lui. J'entendis des gens qui braillaient, je me dis qu'il devait appeler du restaurant où nous étions allés la veille. « On ne maîtrise rien pour l'instant, ajouta mon père aussi fort qu'il put pour se faire entendre. On se contente de regarder brûler. C'est tout. C'est épuisant. Je suis tout courbaturé.

— Tu rentres ? demandai-je.

— J'ai vu un ours prendre feu, dit mon père, d'une voix toujours aussi forte. Tu n'en aurais pas cru tes yeux. Ça a flambé comme de l'étoupe. Un ours vivant, qui s'était réfugié dans un sapin. Je te le jure. Il s'est effondré sur le sol en grognant. Une vraie boule de feu.

Je voulais lui demander ce qu'il avait vu d'autre ou ce qui avait pu lui arriver ou arriver à l'un des autres hommes. Je voulais lui demander quels dangers il courait. Mais j'avais peur de dire ce qu'il ne fallait pas. Je me contentai donc de lui demander :

— Comment te sens-tu ?

Cette question-là je ne l'avais jamais posée à mon père. Ce n'était pas comme ça que nous parlions.

— Je me sens en forme, répondit-il. J'ai l'impression que ça fait un an que je suis ici, alors que ça ne fait qu'un jour. »

Le bruit du camion s'arrêta, sa voix devint presque inaudible. « Ici, la vie normale, on sait pas ce que c'est, dit-il. Il faut s'adapter.

— Je comprends, dis-je.

— Dis donc, ta mère est déjà en train de me tromper, ou quoi ? » demanda mon père, en manière de plaisanterie, j'en étais sûr. « J'ai essayé d'appeler hier soir, reprit-il, mais pas de réponse.

— Nous sommes sortis dîner, dis-je. Nous avons mangé du poulet.

— Parfait, dit mon père. Je m'en réjouis pour vous deux. J'espère au moins que c'est toi qui as payé !

— Elle nous a invités, dis-je.

Personne ne m'avait dit de ne pas dire où nous étions allés, ni où était ma mère. Mais je sentis qu'il m'incombait de ne rien dire. Des mouches se promenaient sur la fenêtre de la cuisine par laquelle je regardais dans le jardin, je pensais que le temps allait peut-être changer, qu'il allait faire froid, qu'il neigerait et que ce serait bientôt la fin de l'incendie.

— Dis bien à ta mère que je n'ai pas encore perdu la raison. Promis ? » La ligne se brouilla à nouveau. Je l'entendis rire, il y eut un déclic sur la ligne, mon père dit : « Allô ? Allô ? Joe ? Tu es là ? Oh ! zut !

— Allô, dis-je. Je suis toujours là. » Mais il ne pouvait pas m'entendre. Peut-être que quelque chose avait brûlé sur la ligne téléphonique. Après avoir encore essayé d'écouter sa voix je finis par lui dire : « Au revoir. Oui. Au revoir.

Et je répétai son nom. Je raccrochai ensuite le téléphone et me préparai pour partir à mes cours.

Côté lycée, ce fut une drôle de journée. Je m'en souviens très bien parce que j'arrivai en retard, sans mot d'excuse de ma mère, crevé, dans une espèce de demi-rêve, comme si je n'avais pas fermé l'œil de la nuit et que j'allais tomber malade. Je ratai mon interro écrite d'anglais parce que je n'avais pas fait mes devoirs la veille. En cours d'instruction civique, un élève apporta le *Tribune* du jour et nous lut un article dans lequel on disait que l'air s'était humidifié, qu'il pleuvrait et neigerait bientôt et que ce serait la fin de l'incendie d'Allen Creek. Il s'ensuivit un débat pour savoir si oui ou non le feu finirait par s'éteindre — certains prétendaient qu'il brûlerait tout l'hiver — et si ce serait l'homme ou la nature qui en viendrait à bout. Mon professeur, un grand type à moitié indien, nous demanda s'il y en avait parmi nous dont le père participait à la lutte contre l'incendie et plusieurs mains se levèrent. Je ne levai pas la mienne, parce que je ne tenais pas à ce que ça se sache et que cela ne me paraissait pas faire partie du cours normal de ma vie.

Plus tard, pendant le cours de géométrie, en attendant l'heure de la sortie, je sentis qu'il faisait particulièrement froid dehors, cet après-midi-là. J'essayai de penser à ce qu'il pouvait y avoir entre ma mère et Warren Miller, parce qu'il semblait y avoir quelque chose. Oh, ce n'était pas à cause de ce qu'ils avaient pu se dire en ma présence, ni même me dire ou se dire sans que j'en sache rien, mais plutôt à cause de ce qu'ils n'avaient pas dit mais simplement supposé, comme vous supposiez qu'il y avait de l'humidité dans l'air ou qu'il n'y avait pas plus de trois cent soixante degrés dans une circonférence.

Quoi qu'il en soit, cela avait mérité un mensonge. Ma mère avait menti à mon père, moi aussi je lui avais menti. Peut-être Warren Miller avait-il menti à quelqu'un. Je savais très bien ce que c'était qu'un mensonge, mais j'ignorais quelle différence il pouvait y avoir quand c'étaient des adultes qui mentaient. Sans doute le mensonge revêtait-il pour eux moins d'importance, dans la mesure où ce qui dans leur vie était ou n'était pas comme ils le prétendaient finirait tôt ou tard par éclater au grand jour. Alors que, pour moi qui ne m'étais pas encore affirmé aux yeux du monde, cela prenait davantage d'importance. Assis devant mon pupitre en cette fraîche après-midi d'octobre, j'essayais de penser à une vie heureuse pour moi et à une vie heureuse et gaie pour mes parents une fois que tout cela serait fini, comme ma mère l'avait dit. Mais tout ce qui me venait à l'esprit, tandis que j'étais là assis, c'était mon père qui me disait : « Allô ? Allô ? Où es-tu, Joe ? » Et moi qui lui répondais : « Au revoir ».

Les cours terminés, je me rendis à mon travail chez le photographe, puis je rentrai à la maison. Le temps changeait, une brise soufflait, cette brise qui, dans le Montana, peut devenir glaciale et vous transperce la peau comme si vous étiez en papier. Je savais que cette brise soufflait ce jour-là sur l'incendie et que cela aurait des conséquences. Je me demandais s'il neigerait dans les montagnes, espérant que mon père aurait ainsi des chances de rentrer plus tôt qu'on ne l'aurait pensé.

Lorsque je rentrai à la maison, ma mère était devant l'évier de la cuisine. Elle regardait au-dehors, du côté du couchant. Elle portait une robe bleue et blanche, aux couleurs de la Marine. Ses cheveux étaient relevés en ce qu'elle appelait un chignon français. Je l'aimais coiffée comme ça. Elle avait lu le journal, il était encore ouvert sur le plan de travail de la cuisine.

— Hiver, hiver, va-t-en », dit-elle en regardant par la fenêtre. Elle se tourna vers moi en souriant. « Tu n'es pas habillé assez chaudement. Tu vas tomber malade et ensuite ça sera mon tour. » Elle se tourna à nouveau vers la fenêtre. « Tu as eu une bonne journée au lycée ?

— Non, pas très bonne, dis-je. J'ai raté mon interro écrite. J'avais oublié...

— Tant pis, tâche de faire plus attention la prochaine fois, dit-elle. Harvard n'a que très peu de places disponibles pour tous les garçons du monde. A Great Falls, il y en a sans doute un autre qui espère aller un jour à Harvard. Et ils ne voudront pas vous prendre tous les deux. En tout cas, à leur place, je ne le ferais sûrement pas.

— Où étais-tu partie de si bonne heure ? demandai-je. J'étais réveillé.

— C'est vrai ? dit ma mère. J'aurais pu t'emmener.

Elle s'éloigna de la fenêtre et se mit à replier le journal page par page.

— Oh ! je suis allée faire un tour, reprit-elle. J'avais repéré dans le journal de ce matin qu'on recherchait un prof de maths à la base aérienne. Là-bas il y en a qui ne savent pas ce que font deux et deux, m'a-t-on dit. J'ai donc posé ma candidature, histoire de me remuer un peu. J'ai tout à coup éprouvé le besoin de faire du bien.

Elle acheva de replier le journal et le rangea sur le côté en se tournant vers moi. Je voulais lui demander où en étaient ses projets d'emploi chez Warren Miller.

— Papa a appelé ce matin, dis-je. Je lui ai parlé.

— Où était-il ? demanda ma mère.

Elle ne paraissait pas étonnée, juste intéressée.

— Je n'en sais rien. J'ai pensé qu'il était sur le terrain. Il ne m'a pas précisé où il était.

— Où lui as-tu dit que j'étais ?

— Je lui ai dit que tu étais partie en ville. J'ai pensé que c'était ça ce qu'il fallait dire.

Je ne voulais pas lui avouer qu'il m'avait demandé si elle le trompait. Je savais qu'elle n'aimerait pas ça.

— Tu croyais que j'étais partie travailler chez Mr. Miller, n'est-ce pas ?

— Oui, répondis-je.

— Eh bien, j'y étais. Ou plutôt j'y suis allée, j'ai fait une ou deux choses là-bas. Ce n'est qu'un mi-temps. Mais j'estime que j'ai encore un fils à la maison à finir d'élever.

— C'est bien », dis-je. J'étais content de l'entendre dire ça, même si ce n'était qu'une façon de plaisanter de sa part. « Miller est marié ? demandai-je.

Les mots étaient sortis tout seuls. Des mots que je n'avais pas préparés.

— Je t'en ai déjà parlé, répondit ma mère. Il l'a été. » Elle se dirigea vers le réfrigérateur, prit le tiroir à glaçons, l'approcha de l'évier et le passa sous l'eau. « Il a vécu dans cette maison avec sa mère et sa petite femme. Tous les trois. Pendant pas mal de temps, je crois. Puis la vieille est morte, je veux dire sa mère. Et, peu de temps après, sa femme, qui s'appelait Marie la Rose, ou je ne sais pas trop comment, a fichu le camp, Dieu sait où. En Californie ou dans le Colorado, l'un ou l'autre, avec un prospecteur de pétrole, quarante-six ans, et hop, la voilà partie.

Ma mère sortit une tasse à café blanche du buffet, elle y mit un glaçon, sortit de dessous l'évier une bouteille d'Old Crow, la décapsula et en versa dans la tasse, tout en continuant à parler sans me regarder. Je me demandai si elle aurait dit tout ça à mon père s'il lui avait posé la même question et décidai qu'elle ne l'aurait sans doute pas fait.

— Tu le plains ? demandai-je.

— Warren Miller ? » dit ma mère, et elle me regarda rapidement, puis elle se tourna vers la tasse posée sur l'évier et remua le glaçon avec le bout de son doigt. « Bien sûr — euh ! — que non. Je ne plains personne. Je n'ai pas l'habitude de m'apitoyer sur mon sort, alors pourquoi veux-tu que je m'apitoie sur celui des autres ? Surtout quand je ne les connais pas vraiment. » Elle me jeta un autre regard rapide puis elle souleva la tasse, et se pencha pour la boire. « J'ai eu la main trop lourde, dit-elle avant même de goûter le whisky, puis elle en avala une gorgée.

— Papa a dit qu'ils n'arrivaient pas à maîtriser l'incendie. Il a dit qu'ils ne faisaient que regarder.

— Dans ce cas, c'est l'homme qu'il leur faut. Il aime le golf... » Elle mit sa tasse sous le robinet et fit couler dedans un filet d'eau. « Ton père a de très jolies mains, tu les as jamais remarquées ? On dirait des mains de fille. Il les esquintera à lutter contre des feux de forêt. Mon père, lui, avait de gros battoirs. C'est ce qu'il nous disait.

— Il a dit qu'il espérait que tu ne lui en voulais pas, dis-je.

— Il est si gentil..., reprit ma mère. Non, je ne lui en veux pas. Vous avez eu une bonne petite conversation à mon sujet ? Vous avez passé en revue mes défauts ? A-t-il parlé de son Indienne là-bas ? » Elle alla remettre les glaçons dans le réfrigérateur. Dehors, il faisait presque nuit, j'allumai la lampe de la cuisine, elle était si basse que la pièce paraissait petite et sale. « Éteins ! » ordonna ma mère. Elle était agacée à l'idée que j'aie pu parler d'elle, ce qui n'avait pourtant pas été le cas. Elle prit sa tasse de whisky et alla s'asseoir à la table de la cuisine. « Je suis allée visiter un appartement tout à l'heure. Tu sais, ces appartements là-bas, sur la Deuxième Avenue ? Ils ont un F3 que je trouve très agréable. Il est à deux pas du fleuve et de ton lycée.

— Pourquoi ferions-nous ça ? demandai-je.

— Parce que, vois-tu… », dit ma mère en passant l'annulaire dans l'anse de la petite tasse et sans lâcher celle-ci des yeux. Elle parlait très distinctement, et, autant que je m'en souvienne, très lentement. « Cet incendie peut durer très longtemps. Ton père peut avoir envie de refaire sa vie. Qui sait ? Il faut que je puisse faire face à la situation. Il faut que je pense à qui payera les factures. Il faut que je pense au loyer. Les choses ont changé, je te signale, au cas où tu ne l'aurais pas remarqué. C'est facile de s'endetter jusqu'au cou quand on n'est pas sur ses gardes. On peut finir par en perdre la boule.

— Je ne pense pas que ce soit exact, dis-je, persuadé que mon père était simplement parti aider à éteindre un incendie et qu'il serait bientôt de retour.

Ma mère allait décidément trop loin. Elle disait ce qu'il ne fallait pas dire et n'y croyait pas elle-même.

— C'est sans importance, dit ma mère. Rien ne lui fait défaut. Je te l'ai déjà dit. » Elle laissait son doigt dans l'anse de la tasse sans toutefois la soulever. Elle avait l'air tendu, fatigué, malheureux, je la sentais prisonnière de sa façon de regarder le monde, de regarder sa vie — une façon qui n'était sûrement pas la bonne. « Nous n'aurions peut-être pas dû venir nous installer par ici, dit-elle. Nous aurions sans doute mieux fait de rester à Lewiston. A force de vouloir s'adapter on finit par ne plus savoir où l'on en est. » Elle disait cela à contre-cœur car, en fait, elle n'aimait pas réorganiser les choses, même ses pensées et, autant que je le sache, elle n'avait jamais eu à le faire. Elle souleva la tasse et but une gorgée de whisky. «Je suppose qu'à tes yeux, la méchante, c'est moi, non?

— Non, dis-je.

— Tu as raison, je ne suis pas la méchante. Ça serait bien si, pour une fois, quelqu'un avait tort. Du coup tout le monde se sentirait mieux!

— Pas moi.

— Bon, pas toi, si tu veux, reprit ma mère en hochant la tête. Lorsque Joe n'a qu'une seule et unique chance d'exprimer son choix, il opte incontestablement pour ce qu'il y a de mieux et de plus judicieux. Souhaitons-lui bonne chance.

Elle me regarda, une moue de dégoût fripa son visage, une expression que je n'avais jamais vue mais que je reconnus vite, une expression que je devais revoir par la suite, mais destinée à d'autres. La première fois, cependant, ce fut en me regardant, parce qu'elle était persuadée d'avoir fait de son mieux, et que tout ce qu'elle y avait gagné, c'était de se retrouver seule avec moi. Et j'étais incapable de changer le cours des choses. Pourtant, si j'avais pu, j'aurais fait appel à mon père, ou à Warren Miller, ou même à quelqu'un qui connaissait les mots qui répondraient aux siens, quelqu'un avec qui elle aurait pu parler et entendre autre chose que sa propre voix dans la pièce, sans se donner la peine de faire semblant de ne pas se sentir abandonnée.

*
* *

A sept heures ce soir-là, ma mère et moi traversâmes le fleuve en voiture pour aller dîner chez Warren Miller. Ma mère portait une robe vert vif, des chaussures à hauts talons assorties, elle avait défait ses cheveux, mis du parfum.

— C'est ma tenue *cause désespérée*, dit-elle alors que je l'attendais dans la salle de séjour d'où je pouvais l'apercevoir par la porte de la salle de bains, devant le miroir. Ton père devrait me voir là-dedans, ajouta-t-elle, en lissant ses cheveux en arrière avec ses doigts. Il approuverait. Dans la mesure où il l'a payée...

— Oh! Oui, j'en suis sûr aussi! dis-je.

Elle termina sa tasse de whisky qu'elle laissa dans l'évier avant de sortir avec moi par la porte arrière.

Dans la voiture, elle se montra de bonne humeur, et, du coup, moi aussi. Nous passâmes par le centre de Great Falls, devant le Temple maçonnique privé de lumière, le long de Pheasant Lounge, de l'autre côté de Central Avenue, dont l'enseigne au néon pendait timidement dans la nuit. Il faisait froid, ma mère n'avait pas de manteau, elle avait froid, même si elle prétendait que l'air frais l'aidait à s'y retrouver.

Elle roula jusqu'à Gibson Park, nous fit longer le fleuve, passer devant les Helen Apartments, grand immeuble de quatre étages en brique rouge, dont plusieurs fenêtres étaient allu-

91

mées, derrière l'une ou l'autre on entrevoyait une silhouette, assise près d'une lampe, en train de lire le journal.

— Comment te sens-tu, toi ? demanda ma mère, en m'examinant. Hors d'atteinte ? Je n'en serais pas étonnée...

— Non, dis-je. Je me sens bien.

Je regardai ces appartements tandis que nous passions devant. Ils ne me semblèrent pas si mal que ça. Après tout, peut-être que la vie y serait plus agréable.

— Parfois », ma mère serra le volant, raidit ses bras nus et regarda en direction de Black Eagle, sur l'autre rive, « dès qu'on arrive à prendre un tout petit peu de recul par rapport à son destin, les choses apparaissent sous un meilleur jour. J'aime ça. Ça me soulage.

— Je comprends ça, dis-je, car j'éprouvai un soulagement à ce moment précis.

— Garde tes distances, dit-elle. Comme ça tout le monde, y compris les filles, pensera que tu es un garçon intelligent, et peut-être le seras-tu. » Elle tendit la main pour allumer la radio. « Si on se mettait un peu de musique d'ambiance ? » dit-elle. Je me souviens très distinctement qu'une voix d'homme s'exprimait dans une langue étrangère que je pris pour du français. Il parlait très vite et semblait très loin. « Le Canada, dit ma mère. Dire que maintenant nous vivons près du Canada ! Mon Dieu ! » Elle ferma prestement la radio. « Ce soir, je ne suis pas d'humeur à supporter le Canada, dit-elle. Désolée, mais pour le Canada, il faudra repasser !

Et elle bifurqua vers le pont de la Quinzième Rue et prit la direction de Black Eagle.

La maison de Warren Miller était la seule de la rue dont le porche était éclairé. Une fois arrêtés en face, je vis que toutes les lumières étaient allumées et que cette villa, qui toisait ses voisines, dégageait une impression de douce chaleur : on aurait dit que c'était la fête ou que la fête allait commencer. La vieille Oldsmobile rose de Warren Miller était garée à mi-hauteur de l'allée menant au garage et plus bas, dans la rue, j'aperçus les reflets bleutés du grill italien. Devant la voiture de Warren, parmi les ombres près de la maison, j'aperçus une remorque avec un canot à moteur dont la coque blanche et lisse était tournée vers le haut.

— Ma parole, mais c'est Broadway ! » dit ma mère. Elle semblait apprécier ces lumières. Elle tourna le rétroviseur vers elle et ouvrit tout grands les yeux, les ferma puis les rouvrit, comme si elle avait dormi. Je me demandais comment elle réagirait si je lui disais que je ne voulais pas entrer chez Warren Miller, et que je préférais retraverser le pont à pied pour rentrer chez nous. Je me dis qu'elle m'y obligerait de toute façon et que je n'avais donc pas le choix. « Très bien, dit-elle, en réajustant le rétroviseur dans l'obscurité. On est ce qu'on est. Alors, tu m'accompagnes ? Tu n'es pas forcé. Tu peux rentrer à la maison.

— Non. » Et j'en fus étonné... « J'ai faim, dis-je.

— Parfait, dit ma mère.

Elle ouvrit la portière dans l'air froid de la nuit, et c'est

ensemble que nous descendîmes de la voiture et nous diri-
geâmes vers la maison.

Warren Miller ouvrit la porte avant que nous ayons fini
de gravir les marches de l'entrée. Il avait rentré un torchon
blanc dans sa ceinture en guise de tablier. Il portait une chemise blanche, un pantalon de ville et des bottes de cow-boy.
Il arborait un sourire moins heureux que sérieux. Il me parut
plus âgé et plus gros que la veille, sa claudication me sembla
plus accentuée. Ses lunettes brillaient, il avait lissé et brillan-
tiné ses cheveux clairsemés. Il n'était pas beau du tout et ne
ressemblait pas à un homme qui lit de la poésie, qui joue au
golf ou qui a beaucoup d'argent et de biens. Mais je savais
que c'était pourtant vrai.

— Vous me faites penser à une reine de beauté, ma chère
Jeannette, dit-il à ma mère sur le perron.

Il parlait fort, beaucoup plus fort que la veille. Il se tenait
dans l'encadrement de la porte et, derrière lui, sur une table,
tout près du seuil, je pouvais voir le verre qu'il venait
d'utiliser.

— Je l'ai été... Une fois... », répondit ma mère. Et elle entra
en passant devant lui. Je l'entendis demander : « Il y a des
radiateurs, ici ? Je gèle », puis elle disparut.

— Il faut toujours leur dire des choses gentilles, aux femmes », dit Warren en posant à nouveau sa grosse patte sur
mon épaule. Nous étions dans l'entrée ; à son haleine je devi-
nai qu'il était en train de boire quelque chose. « Tu penses
à lui en dire, à ta mère ?

— Oui, monsieur, dis-je. J'essaie.

— Tu veilles sur elle ?

Je l'entendais respirer bruyamment. Derrière ses lunettes, ses yeux étaient d'un bleu délavé.

— Oui, dis-je. J'y pense.

— Tu n'as confiance en personne. » Il m'empoigna l'épaule. « Même pas en toi. Tu n'es bon à rien, n'est-ce pas ? Je le vois bien. Je suis en partie Indien, tu sais...

Il rit en disant cela.

— Non, dis-je. Je ne dois pas être bon à grand-chose.

Et je ris à mon tour. Alors, me prenant par l'épaule, il me poussa à l'intérieur de la maison.

Il y faisait très chaud, l'air y était lourd d'odeurs de cuisine. Toutes les lampes que je voyais étaient allumées, toutes les portes étaient ouvertes, de sorte que, du milieu de la salle de séjour, vous aperceviez deux chambres avec des lits doubles et, plus loin, une salle de bains avec des dalles blanches. Tout était en ordre et propre, et tout me paraissait démodé. Le papier peint avait des fleurs orange pâle. Les tables avaient des napperons de dentelle blanche sous les lampes, et les tableaux étaient encadrés de lourd bois sombre. Le mobilier était de bonne qualité, mais il était vieux, tarabiscoté, avec de gros pieds. Ce décor paraissait étrange pour un homme. Il n'avait rien à voir avec le nôtre. Notre mobilier était complètement différent. De plus, chez nous, les murs étaient peints et non pas tapissés de papier.

Warren Miller traversa la salle de séjour en boitant et regagna la cuisine où il préparait le repas. Il en rapporta à ma mère un grand verre de ce qu'il buvait, du gin, sans doute.

Son verre à la main, ma mère resta quelques instants au-dessus de la bouche de chaleur, puis elle me sourit et alla se promener dans la maison en regardant les photos sur le piano, en prenant et en examinant ce qui était posé sur les tables. Assis sur le canapé raide et recouvert d'un tissu de laine, je n'avais qu'à attendre. Warren Miller nous avait dit qu'il préparait du poulet à l'italienne et je me sentais prêt à le dévorer.

Ma mère était jolie comme tout, tandis qu'elle déambulait chez Warren Miller dans sa robe verte et ses chaussures vertes. Je la revois encore. Elle avait fini par avoir chaud à force de rester au-dessus de la bouche de chaleur, son visage était tout rose. Elle souriait en regardant autour d'elle, touchait les objets comme si elle aimait tout ce qu'elle voyait là.

— Alors, demanda Warren Miller depuis la cuisine, comment va ton paternel ?

Il parlait fort et nous ne pouvions pas le voir, mais on l'entendait cuisiner, remuer les casseroles, faire toutes sortes de bruits. J'aurais aimé pouvoir regarder ce qui se passait dans la cuisine, mais c'était impossible.

— Il va bien, dis-je.

— Joe vient de lui parler au téléphone, dit ma mère en forçant la voix.

— A-t-il dit que c'était une véritable tragédie là-bas ? C'est en général ce qu'on dit. N'importe quoi devient tragique quand on ne peut le contrôler.

— Non, dis-je. Il n'a pas dit cela.

— A-t-il dit qu'il rentrait bientôt ? demanda Warren Miller.

— Non, dis-je. Il n'a rien dit de la sorte.

Sur la table à côté de moi, un bout de cigare traînait dans un cendrier posé sur le livre que ma mère lui avait prêté.

— Il y a des femmes qui luttent contre cet incendie, reprit ma mère. J'ai lu ça dans le journal.

Debout, elle tenait à la main, dans un cadre, la photo d'une femme souriante à la lèvre supérieure ombrée. Elle l'avait prise sur le piano.

— Les femmes se débrouillent mieux que les hommes », dit Warren Miller.

Il franchit en boitant la porte de la cuisine, portant trois assiettes empilées plus des couverts sur celle du dessus. Il avait toujours le torchon coincé dans son pantalon. « Elles savent ce qu'il faut fuir.

— On ne peut pas tout fuir », dit ma mère en tournant le cadre pour que Warren puisse le voir pendant qu'il mettait les assiettes sur la table placée dans un des coins de la salle de séjour et recouverte d'une nappe blanche qui avait dû coûter cher. « Qui est-ce, sur cette photo ? demanda ma mère.

— Ma femme, répondit Warren. Mon ex. Elle savait quand il fallait fuir, celle-là.

— Elle le regrette aussi, j'en suis sûre.

Ma mère remit la photo à sa place et but une gorgée.

— Elle ne s'est toujours pas décidée à m'appeler pour me le dire, peut-être le fera-t-elle un jour. Je ne suis pas encore mort, dit Warren.

Il regarda ma mère et lui sourit de la façon dont il m'avait souri sous le porche, comme si quelque chose n'était pas drôle.

— La vie, la vie, la vie, toujours la vie, dit ma mère. La vie est longue. » Et voilà qu'elle traversa la pièce jusqu'à l'endroit où se tenait Warren Miller, près de la table de la salle à manger, lui mit les mains sur les joues, tout en tenant son verre, et l'embrassa en plein sur la bouche. « Mon pauvre vieux, dit-elle. Personne n'est assez gentil avec toi. » Elle prit une autre rasade de son gin puis me regarda sur le canapé. « Dis, Joe, ça t'est égal, n'est-ce pas, si je donne un baiser innocent à Mr. Miller ? » Elle était ivre et ne se comportait pas normalement. Elle regarda à nouveau Warren Miller. Il avait la bouche barbouillée de rouge à lèvres. « Est-ce que quelque chose attend pour commencer ou est-ce déjà fini ? dit-elle, parce que ni l'un ni l'autre n'avions dit quoi que ce soit.

Nous n'avions pas bougé.

— Tout est là devant nous », dit Warren Miller. Il me regarda en grimaçant. « J'ai un énorme dîner rital qui est là, tout prêt, dit-il en repartant en boitant vers la cuisine. Il faut nourrir ce garçon, Jeannette, sinon, il ne sera pas content.

— Ce n'est pas qu'il soit bien content en ce moment, dit ma mère, en tenant son verre vide.

Elle me regarda à nouveau et passa sa langue sur les coins de sa bouche, puis elle alla tout droit jusqu'à la fenêtre qui donnait sur la rue et d'où l'on voyait la ville et notre maison vide de la Huitième Rue. Que devinait-elle de mes pensées ? Aversion, surprise ou choc, je suppose — parce qu'elle m'avait amené ici, ou parce qu'elle y était venue elle-même, qu'elle avait pu embrasser Warren Miller sur la bouche, ou qu'elle était ivre ? Ma seule préoccupation du moment était que la situation dérapait et qu'assis là, dans la salle de séjour de War-

ren Miller, je ne savais pas comment rattraper les choses. Pour
cela, il aurait fallu rentrer chez nous. Et je me disais que, si
elle regardait là-bas, dans la nuit, du côté de notre maison,
c'était parce qu'elle aurait souhaité s'y trouver. J'étais pourtant soulagé que mon père ne soit pas au courant de tout cela
car il ne l'aurait pas compris aussi bien que moi. Et je me
disais, tandis que j'étais là assis, que si jamais j'avais l'occasion de le lui dire je ne le ferais pas. Je ne le ferais jamais,
aussi longtemps que je vivrais, parce que je les aimais.

*

* *

Au bout d'un petit moment, Warren Miller a apporté une
grande jatte rouge pleine de ce qu'il appelait du poulet cac-
ciatore, avec une bouteille de vin entourée d'osier ; nous avons
pris place à la table recouverte de la nappe blanche et
commencé à manger. Ma mère se montra d'abord d'une
humeur bizarre, qui toutefois s'améliora au cours du repas.
Warren Miller mangeait avec sa serviette rentrée dans son
col de chemise. Ma mère m'expliqua que c'était comme ça
qu'on mangeait dans le temps, qu'il devait avoir appris ça
au Far West et qu'elle ne souhaitait pas me voir me tenir ainsi.
Et pourtant, un peu plus tard, chacun de nous glissa sa serviette dans son col en riant. Personne ne parla de l'incendie.
Une fois, Warren Miller me regarda de l'autre bout de la table

et me dit qu'à son avis, mon père avait une sacrée per-
sonnalité, qu'il savait affronter les situations, qu'avoir un
homme comme lui à son service était un privilège et que,
lorsque mon père reviendrait du feu, lui, Warren, lui trou-
verait un emploi doté d'un avenir prometteur. Il ajouta qu'un
gars intelligent pouvait se faire de l'argent dans le commerce
des voitures et qu'il en discuterait avec mon père, au moment
voulu.

Ma mère ne parlait guère, mais, pensai-je, elle était ravie
d'être là. Elle réagissait à la présence de Warren Miller, il y
avait en lui quelque chose qui lui plaisait, et cela ne la gênait
pas que je le voie. Elle souriait, penchée au-dessus de la table.
Elle évoqua Boise, dans l'Idaho, où il y avait un hôtel avec
un bon restaurant qu'elle aimait bien, et Grand Coulee, où
elle était allée à la pêche avec son père quand elle était petite
et que Warren Miller connaissait lui aussi. Elle raconta qu'elle
avait vu d'avion le Grand Lac salé et à quoi ça ressemblait,
elle parla aussi de Lewiston. Elle dit qu'il ne faisait jamais
froid là-bas, à cause du micro-climat, et qu'elle n'était pas pressée de voir arriver l'hiver à Great Falls, parce que le vent
y soufflait pendant des semaines de suite et que ça finissait
par vous rendre fou. Elle ne mentionna ni l'histoire d'appartement, ni son idée d'aller donner des cours à la base aérienne,
ne parla même pas d'aller travailler au silo. Tout cela semblait s'être évanoui, comme un rêve, les seuls mondes réels
étant là-bas, dans l'Idaho, où elle avait été heureuse jadis, et
chez Warren Miller où elle était heureuse à présent.

Elle demanda à Warren Miller comment il avait fait fortune, et s'il avait commencé par aller à l'université, parce qu'elle voulait que je fasse des études. Et Warren, qui avait allumé un gros cigare noir et retiré sa serviette de son col, se renversa dans son siège et dit qu'il était allé à Dartmouth College, dans l'Est, et qu'il y avait fait une maîtrise d'histoire, matière que son père avait enseignée à Bozeman, et que, d'après lui, le Montana n'était pas un endroit où des études faisaient une quelconque différence. Tout ce qu'il fallait savoir, il l'avait appris à l'armée, en Birmanie, pendant la Seconde Guerre mondiale, où il était commandant dans les Transmissions et où tout le monde était incompétent.

— Rien de tel que l'incompétence des autres pour vous enrichir, dit-il, en secouant son cigare dans le cendrier. L'argent appelle l'argent, c'est tout. Peu importe ce que l'on fait. Je suis rentré de Corée et je me suis retrouvé fermier, je me suis alors lancé dans le pétrole et j'ai été au Maroc avec ça en tête, et en revenant ici j'ai acheté ces silos, cette affaire de voitures et ce cabinet d'assurance agricole. Je ne suis pas un génie. Il y a des tas de gens plus malins que moi. J'ai des idées avancées, c'est tout. » Warren passa ses grosses pattes graisseuses dans ses cheveux gominés et sourit à ma mère de l'autre côté de la table. « Je suis un jeune homme de cinquante-cinq ans, et aussi malin que ça.

— Vous êtes jeune pour votre âge, je trouve, dit ma mère en lui renvoyant son sourire. Vous feriez sans doute bien d'écrire un jour vos mémoires.

Warren Miller et ma mère échangèrent un regard et je me dis qu'ils savaient quelque chose que j'ignorais.

— Si nous écoutions un peu de musique ? suggéra soudain Warren Miller. J'ai acheté un disque aujourd'hui.

Ma mère promena un regard circulaire sur la pièce toute illuminée, derrière elle.

— J'aimerais savoir où sont les toilettes. » Elle me sourit. « Tu sais où elles sont, Joe ?

— Traversez la chambre, Jenny, dit Warren Miller. Tout est allumé.

Je n'avais jamais entendu personne l'appeler ainsi. J'ai dû regarder ma mère de telle sorte qu'elle remarqua mon étonnement.

— Voyons, Joe, par pitié, accuse-moi de quelque chose de valable », dit-elle. Elle se leva et je vis qu'elle avait trop bu, à la façon dont elle gardait la main sur le dossier de la chaise et, toujours debout, laissait son regard que la lumière rendait brillant errer de Warren à moi. « Mettez donc un peu de musique, dit-elle. Quelqu'un aura peut-être envie de danser tout à l'heure.

— Entendu, nous danserons, dit Warren Miller. Voilà une bonne idée. Quand vous serez de retour, nous danserons.

Mais il restait assis sur son siège, tenant son cigare au-dessus du cendrier. Ma mère nous regarda encore une fois tous les deux, comme si elle n'arrivait pas à bien nous voir, puis elle se dirigea vers la chambre et referma la porte derrière elle.

Warren Miller tira longuement sur son cigare et souffla la fumée dans la pièce, puis il le tint à moitié au-dessus du cendrier. La grosse bague en or qu'il portait au doigt, celle que j'avais sentie hier, avait une pierre rouge carrée sur-

montée d'un diamant. Le genre de truc qu'on ne risque pas
d'oublier.

— J'ai un avion, dit Warren Miller. Tu es déjà monté en
avion ?

— Non, dis-je. Jamais.

— De là-haut, on a une perspective différente, dit-il. Le
monde entier paraît différent. Ta ville t'apparaît comme une
toute petite ville de rien du tout. Je t'emmènerai un de ces
jours avec moi et je te laisserai aux commandes. Ça te plairait ?

— J'aimerais y aller un de ces jours, dis-je.

— Nous pourrions faire un tour à Spokane en avion, déjeuner et revenir. Nous pourrions même y emmener ta mère.
Ça te dirait ?

— Je ne sais pas, dis-je.

Mais je pensais qu'elle aimerait ça.

— Et tu vas faire des études, comme elle le dit, me demanda
Warren Miller.

— Oui, répondis-je. Je l'espère.

— Où ça ? dit-il. Quelle université vises-tu ?

— Harvard, dis-je.

Et je regrettais de ne pas savoir où était Harvard et de ne
pas avoir une raison de dire pourquoi je voulais y aller.

— C'est une bonne université », dit Warren Miller. Il tendit le bras, prit le pichet de vin rouge et s'en versa. « Un jour »,
commença-t-il, et il posa le pichet et se rassit un instant sans
rien dire. Ses cheveux luisaient dans la lumière et il cligna
les yeux derrière ses lunettes. « Un jour, dans mon avion
— c'était en automne, comme aujourd'hui, mais il faisait plus

froid et pas aussi sec — bref, j'étais allé jeter un coup d'œil
au champ d'un pauvre type que j'assurais et dont la grêle avait
ravagé la récolte. J'ai vu toutes ces oies qui arrivaient du
Canada. Elles se déplaçaient en formations, tu sais, de grands
V. » Il but d'un trait la moitié de son verre de vin et se lécha
les lèvres. « J'étais là-haut au milieu d'elles et tu sais ce que
j'ai fait ?

Il me regarda, remit son cigare dans sa bouche, croisa les
jambes pour que je voie ses bottes marron de cow-boy, qui
étaient brillantes mais sans les motifs compliqués de ces bottes que les hommes portent dans le Montana.

— Non, dis-je, tout en pensant qu'il s'agissait de quelque
chose que je ne croirais pas, ou de quelque chose d'impossible, ou que personne ne ferait.

Lui aussi était ivre, me dis-je.

— J'ai ouvert ma fenêtre, dit-il, et j'ai arrêté mon moteur. »
Warren Miller me dévisagea. « A douze cents mètres d'alti-
tude. Et je me suis mis à écouter. Elles étaient là, tout autour
de moi. Et ça caquetait et ça caquetait, là-haut dans le ciel
où personne ne les avait jamais entendues, hormis Dieu le
Père. Et je me disais, c'est comme de voir un ange. C'est un
grand privilège. C'était la chose la plus merveilleuse que j'avais
jamais vécue. Que je vivrai jamais.

— Avez-vous eu peur ? dis-je, parce que je ne pouvais penser qu'à une chose : à ce que j'aurais, moi, ressenti et à ce
que ferait un avion avec son moteur coupé et combien de
temps on pouvait rester en l'air sans risquer de s'écraser.

— Oui, dit Warren Miller. J'ai eu peur. Bien sûr que j'ai

eu peur. Parce que je ne pensais à rien. J'étais tout simplement là-haut. J'aurais pu être l'une de ces oies, juste pour cette minute-là. J'avais perdu toute notion de ma nature humaine, et dire que tous ces gens, au sol, me faisaient confiance... Ma femme, ma mère et quatre entreprises. Ce n'était pas de l'indifférence à leur égard, mais je ne pensais même plus à eux. Et puis, quand ils me sont revenus à l'esprit, c'est là que j'ai eu peur. Tu comprends ce que je veux dire, Joe ?

— Oui, répondis-je, mais je ne comprenais pas. J'avais seulement compris que ça voulait dire beaucoup pour Warren Miller et que c'était censé vouloir en dire autant pour moi.

Il se renversa sur sa chaise. Il s'était penché en avant pour me raconter l'histoire des oies. Il souleva son verre de vin et le termina. Au loin, derrière les murs, j'entendais l'eau circuler dans les canalisations.

— Veux-tu un verre de vin ? demanda Warren Miller.

— D'accord, répondis-je.

Il me versa un peu de vin et s'en versa davantage.

— A la santé des anges ! dit-il. Et à celle de ton père, pour qu'il n'aille pas rôtir comme une tranche de lard !

— Merci, dis-je Dieu sait pourquoi...

Il approcha son verre du mien mais nos verres ne se touchèrent pas, il retira le sien et en descendit la moitié. Je bus une gorgée mais ce goût douceâtre et vinaigré ne me plut pas, je reposai mon verre. Avec toutes ces lampes allumées et Warren Miller devant moi, qui exhalait sa lourde haleine rappelant le vin et cette odeur qui lui était particulière, j'eus l'impression fugitive que j'étais dans un rêve, un de ces rêves qui semblent vouloir durer pour toujours et que, peut-être, je ne m'en réveillerais jamais. Voici que ma vie était soudain devenue *cela*, oh! rien de vraiment horrible, mais rien non plus de ce qu'elle avait été auparavant. Ma mère n'était nulle part en vue, j'étais seul et, en ce bref instant, mon père me manqua plus qu'il ne m'avait jamais manqué ou me manquerait jamais. Je sais que je faillis m'effondrer en pleurant, à la pensée de tout ce que je n'avais pas, et que, peut-être, je n'aurais plus.

— Ta mère a une bien jolie silhouette », dit Warren Miller. Il tenait son verre d'une main et de l'autre il tapotait son cigare froid. Il me parut un vrai mastodonte. « Je l'admire beaucoup. En société, elle a l'art de se mettre en valeur.

— Je le trouve aussi, dis-je.

— Tu devrais en prendre de la graine. » Warren fit un poing de sa main droite, s'arrangeant pour que j'aie la grosse bague en or au rubis rouge sous les yeux. « Et ça, qu'est-ce que tu crois que c'est? demanda-t-il.

— Je n'en sais rien, dis-je.

Il rapprocha son poing de moi.

— C'est le Rite écossais, dit-il. Je suis un maçon du trente-troisième degré. » Son poing était large, épais et compact. On aurait dit un poing qui n'avait jamais rien frappé parce que tout s'écartait, si possible, de sa trajectoire. « Vas-y, tu peux la toucher, dit-il.

Je posai le doigt sur la bague, sur la pierre rouge polie et sur le diamant qui y était incrusté. L'or présentait de fines ciselures que je ne parvins pas à déchiffrer.

— C'est l'œil-qui-voit-tout », expliqua Warren Miller, le poing toujours serré, comme s'il avait été indépendant du reste de son corps. « Ton père est franc-maçon ?

— Non, dis-je, même si je n'en savais rien.

Je ne savais pas de quoi parlait Warren Miller mais je me dis que c'était parce qu'il était ivre.

— Tu ne serais pas catholique, par hasard ? dit-il.

— Non, dis-je. Nous n'allons pas à l'église.

— Ça n'a pas d'importance, dit-il, en me regardant par-dessus ses lunettes. Tu devrais fréquenter un groupe de garçons de ton âge. Ça te plairait ? Je serais ravi d'arranger ça.

— Ça serait bien.

J'entendis une porte s'ouvrir et se refermer et de l'eau se remettre à couler dans les canalisations.

— Un jour ou l'autre, les garçons ont besoin de démarrer dans la vie, dit Warren Miller. Ça n'est pas toujours facile. Il y a une part de chance là-dedans.

— Vous avez des enfants ? demandai-je.

Il me regarda de façon étrange. Il avait dû croire que je pensais à ce qu'il venait de dire, mais ce n'était pas le cas.

— Non, dit-il. Je n'en ai jamais eu. Je ne les aime pas beaucoup.

— Pourquoi ? dis-je.

— Parce que je n'en connais aucun je suppose, dit-il.

— Où est votre femme, maintenant ? demandai-je.

Mais il ne me répondit pas, car ma mère venait d'ouvrir

la porte de la chambre. Il leva les yeux vers elle et lui sourit comme si elle était la personne la plus importante du monde.

— Et revoici notre belle », dit Warren Miller. Il se leva, et s'éloigna de moi clopin-clopant et se dirigea vers la chaîne installée sur une grosse commode adossée au mur, de l'autre côté de la pièce. Je ne l'avais même pas remarquée, pourtant, une fois que vous l'aviez repérée vous ne voyiez plus qu'elle. « J'ai complètement oublié la musique », dit-il. Il ouvrit l'un des tiroirs, sortit un disque de sa pochette. « On va se mettre quelque chose de bien, annonça-t-il.

— Qu'est-ce que vous êtes ordonné, dit ma mère. Vous n'avez pas besoin d'une autre femme. Vous vous suffisez. » Elle mit ses paumes sur son visage et se tapota les joues comme si elle venait de se laver la figure dans la salle de bains et l'avait encore humide. Je l'avais déjà vu faire ça. Elle regardait autour d'elle comme si la pièce lui semblait maintenant différente. Sa voix même paraissait différente. Plus profonde. Comme si elle était en train de s'enrhumer ou qu'elle venait de se réveiller. « Et aussi, quelle jolie petite maison ! dit ma mère.

Elle me regarda, me sourit et pressa ses bras sur sa poitrine.

— J'y mourrai un de ces jours, dit Warren Miller, penché sur le disque dont il déchiffrait l'étiquette.

— Vous en avez des idées gaies ! dit ma mère en secouant la tête. Peut-être que nous devrions danser avant que ça n'arrive. Si vous êtes déjà dans cet état d'esprit...

Warren Miller regarda ma mère et la lumière du plafonnier se refléta dans ses lunettes.

— Nous allons danser, dit-il.

— Alors, Warren va te faire entrer à Dartmouth ou je ne sais trop où ? me demanda ma mère.

Au milieu de la pièce, elle faisait une espèce de moue comme si elle essayait de décider quelque chose.

— Nous n'avons pas abordé ce sujet, dit Warren Miller. J'essayais de l'intéresser aux De Molay.

— Oh ! ce truc-là, c'est juste de la foutaise, Joe. Mon père en a fait partie. Warren ferait mieux de te faire admettre à Dartmouth. C'est encore mieux que Harvard, à ce qu'on m'a dit. N'importe qui peut faire partie des De Molay. C'est comme les Elks.

— C'est mieux, reprit Warren. Disons que les catholiques et les juifs n'en sont pas. Non qu'ils me dérangent...

— Êtes-vous démocrate ? demanda ma mère

— Le jour où ils auront un candidat convenable, dit Warren Miller, ce qui n'est pas le cas pour le moment.

Il mit le disque sur la platine.

— Dans ma famille, on est du côté des travailleurs, dit ma mère.

Elle prit mon verre de vin et en but une gorgée.

— Disons que vous feriez bien de revoir vos idées, dit Warren.

Et il posa l'aiguille sur le disque et la musique emplit aussitôt la petite salle de séjour.

Ma mère reposa le verre de vin sur la table et se mit à danser toute seule, les bras en l'air, prenant un air qui se voulait décidé. « Cha-cha-cha-cha », dit-elle parce que c'était ce genre de musique, de la musique qu'on pouvait capter sur une station de Denver tard le soir et qu'elle écoutait, je le savais, de la musique avec batterie, trompette, et un orchestre au grand complet pour l'accompagner.

— Vous aimez ça ? demanda Warren Miller par-dessus la musique.

Il était là, debout, souriant tandis que ma mère dansait.

— Et comment ! » dit-elle en faisant claquer ses doigts et en répétant « cha-cha-cha », au rythme de la musique. Elle me prit les mains. « Allons, mon fils, viens danser avec ta mère, dit-elle en essayant de me faire quitter ma chaise, de me faire mettre debout.

Je me levai, bien que je n'en eus aucune envie — je ne savais pas danser. Ma mère me tirait et me poussait en arrière en disant « cha-cha-cha », tout en regardant mes pieds qui s'embrouillaient, avançaient et reculaient. Ses bras étaient raides, les miens aussi. Quelle horreur que de faire ça — et d'être forcé de le faire — avec votre mère, dans une maison qui vous était étrangère, devant un homme que vous ne connaissiez pas et que vous n'aimiez pas.

Après avoir avancé et reculé une bonne dizaine de fois, je renonçai, laissai mes bras devenir flasques et m'immobilisai de sorte que ma mère s'arrêta et me regarda, furieuse.

— Comme danseur, tu es franchement nul, me dit-elle, sa voix couvrant la musique. On dirait que tu as deux pieds gauches. J'ai honte de toi. » Elle me lâcha les mains et resta là, à fixer le plafond bas, les yeux rivés au globe électrique, comme si elle espérait que quelque chose ou quelqu'un apparaîtrait à ma place quand elle regarderait à nouveau autour d'elle. « Il va falloir que vous dansiez avec moi, Warren, dit-elle. Mon fils ne veut rien entendre, et il n'y a personne d'autre que vous. » Elle se tourna vers Warren Miller, en lui tendant ses bras nus. « Allons-y, Warren, dit-elle. Joe veut que je danse avec vous. Après tout vous êtes notre hôte, vous êtes donc tenu de faire le bon plaisir de vos invités, si ridicule cela soit-il.

— Entendu, je vais essayer, dit Warren Miller.

Il se dirigea vers ma mère, de l'autre côté de la pièce. Il boitait tellement qu'il donnait l'impression d'un homme qui ne pourrait ni ne voudrait jamais danser. En fait, à le voir marcher, on aurait cru qu'il avait une jambe de bois.

Ma mère se remit à danser toute seule avant même qu'il n'essaie. Elle continuait à répéter « cha-cha-cha », et dès que Warren Miller fut près d'elle, elle s'empara de ses grosses mains et se mit à le pousser en arrière puis à le tirer vers elle, comme elle l'avait fait avec moi. Warren Miller suivait le mouvement. Chaque fois qu'il repartait en arrière, il se retrouvait sur sa mauvaise jambe et manquait de tomber, alors ma mère le tirait très fort par le bras et on aurait cru qu'il allait s'écrouler dans les siens. « Cha-cha, cha-cha-cha » », répétait-elle avec la musique, avançant et reculant sur la pointe des pieds tout en disant à Warren de ne pas regarder les siens mais de se trémousser comme elle, et Warren, clopin-clopant, rentrait la tête dans ses épaules mais restait debout. Au bout de quelque temps, il parvint même à se tenir sur la pointe des pieds, donnant certaine impression de légèreté, tel un gros animal qui se déplace. Il souriait et se mit à dire « cha-cha-

cha » avec ma mère, regardant le visage de celle-ci et non plus ses bottes qui râclaient le plancher. Après une ou deux minutes, ma mère lâcha ses mains et posa les siennes sur ses épaules, tandis que lui posait les siennes sur sa taille et ils dansèrent ainsi, ma mère sur la pointe des pieds, Warren en traînant sa mauvaise jambe.

— Regarde-moi ça, Joe ! s'exclama ma mère. Extraordinaire, n'est-ce pas ? Seigneur, voilà enfin un homme qui sait danser ! C'est une perle rare !

Elle rejeta la tête en arrière, laissa ses cheveux se défaire et se balancer sur ses épaules au rythme de la musique, tout en continuant à danser. Il me sembla qu'elle ne souhaitait sans doute pas que je la regarde. J'avais l'impression de faire quelque chose que je n'aurais pas dû faire, je me levai donc, me dirigeai vers la chambre où ma mère était allée et refermai la porte.

A travers la cloison, la musique faisait le bruit d'un objet heurtant le sol. J'entendais leurs pieds glisser, je les entendais rire comme s'ils s'amusaient follement.

Dans la chambre, je n'avais rien à faire. Toutes les lampes étaient allumées. Les vitres brillaient et me permettaient de voir ce qui se passait dans la maison d'en face. Un homme âgé et une femme plus âgée — plus âgée que Warren —, assis l'un à côté de l'autre, regardaient la télévision dans le noir. Je ne voyais pas l'écran, mais l'homme et la femme riaient.

Je savais qu'ils pouvaient me voir s'ils levaient la tête, et qu'ils pourraient peut-être même sentir que je les observais, et que, s'ils m'apercevaient, ils risqueraient de me prendre pour un voleur et auraient peur, aussi m'éloignai-je de la fenêtre.

C'était la chambre de Warren Miller. Les murs étaient bleu pâle, il y avait un grand lit avec un dessus-de-lit blanc, une tête de lit arrondie et un bureau assorti sur lequel était placé un poste de télévision. Sur la table de nuit, une lampe avec un globe jaune rappelait celle qui était à côté de la fenêtre donnant sur la rue. Sur le bureau je vis un gros portefeuille et un papier plié sur lequel était écrit le nom de ma mère et son numéro de téléphone. Au-dessous du sien, le nom de mon père était souligné et encore au-dessous, il y avait le mien, avec un chèque à côté. Il n'y avait rien de mal à ça, me dis-je. Après tout, ma mère travaillait maintenant pour Warren Miller. Ce dernier voulait donner, par la suite, un travail à mon père et m'envoyer au De Molay Club.

Je me rendis à la salle de bains, la lumière y était éteinte. Je me dis que ma mère avait dû l'éteindre et je la rallumai. Dans la salle de séjour, par-dessus la musique, j'entendis ma mère qui disait haut et fort : « Il y a la passion dans cette musique, n'est-ce pas ? » Et leurs pieds continuaient à râcler le sol.

La salle de bains était toute blanche, serviettes blanches, baignoire blanche. Je vis le coin de serviette que ma mère avait utilisé pour se laver les mains. Je vis des cheveux à elle sur le rebord de l'évier, je sentis son parfum dans l'air tiède. Les affaires de Warren étaient bien alignées : un rasoir, un tube de crème à raser, une bouteille de tonique pour cheveux

113

roux, un flacon gainé de cuir contenant une lotion après rasage, une pince à épiler en argent, un grand peigne noir et une brosse à poils jaunes avec une lanière sur le dessus et les initiales WBM sur le cuir. Je ne cherchais rien de particulier. Je voulais simplement être loin de la pièce où la musique jouait et où Warren Miller et ma mère continuaient à danser. J'ouvris le tiroir au-dessous de l'évier, il n'y avait là qu'un gant de toilette blanc, bien plié, tout propre, sur lequel était posée une savonnette neuve.

Je refermai le tiroir, retournai dans la chambre et ouvris le placard. Les costumes de Warren y étaient suspendus les uns derrière les autres, plusieurs paires de chaussures de grande pointure, dont une paire de chaussures de golf marron, étaient alignées au-dessous. Tout au fond on apercevait un uniforme militaire et, par terre, près de la porte, une paire d'escarpins argentés.

Sur le mur du placard, derrière les costumes, étaient accrochés des cadres contenant entre autres choses des photos. Je tirai le cordon pour éclairer et poussai les costumes afin de mieux voir. Il y faisait froid et cela sentait l'antimites. Le certificat de démobilisation de Warren Miller voisinait avec son diplôme de Dartmouth College. Il y avait la photo de deux hommes en uniforme, debout à côté d'un vieil avion, à l'orée de ce qui ressemblait à une jungle. Dans un cadre, il y avait aussi une photo de Warren Miller aux côtés de la femme dont la photo était dans la salle de séjour. Tous deux étaient en habits du dimanche, la femme souriait et tenait des fleurs blanches. Le soleil leur faisait faire la grimace. Cette photo avait été prise des années plus tôt, mais Warren était déjà lui-même, grand, costaud, massif, mais avec les cheveux plus épais et plus courts. Près des photos une prothèse métallique pendait à un clou, un appareil en acier étincelant muni de courroies roses, de boucles amovibles et de charnières, sans doute ce que Warren portait à la jambe qui le faisait boiter tout en lui permettant de marcher.

Je refermai le placard et retournai dans la chambre qui me parut plus chaude. Sur la table de nuit éclairée, un livre était retourné avec, en couverture, un tableau représentant un cow-boy sur un cheval blanc au galop, serrant contre lui une femme dont le chemisier était déchiré et tirant sur des hommes qui les poursuivaient à cheval. Il avait pour titre *Texas Trouble*.

J'ouvris le tiroir de la table de nuit, il contenait des tees de golf et une Bible usagée avec un signet vert. Le tiroir sentait le talc. Il contenait également deux canifs en argent comme celui qu'il m'avait donné, sur lesquels était gravé BIRMANIE - 1943, ainsi qu'un revolver, un petit automatique à canon court et crosse en plastique noir. J'avais déjà manié des armes. Mon père en gardait une là où Warren Miller gardait la sienne. Celle-ci était un petit calibre — un .32 ou même moins que ça, quelque chose qui pouvait faire peur aux gens ou les blesser sans forcément les tuer. Je soulevai le revolver, il était plus lourd et paraissait plus dangereux que je ne l'aurais pensé. Je le pris bien en main, plaçai mon doigt sur la gâchette, pointai le canon vers la porte du placard et fis un petit bruit de détonation avec mes lèvres. Je me voyais

tuant quelqu'un, le suivant, visant, veillant à garder mon bras
et ma main immobiles puis appuyant sur la gâchette. Je ne
voulais tuer personne en particulier. Tuer quelqu'un était une
chose que je savais que je ne ferais jamais. Ça faisait partie
de ces choses. Des choses au sujet desquelles mieux valait être
au courant bien avant d'avoir l'occasion ou le désir de les
expérimenter.

Je me retournai pour remettre le pistolet dans le tiroir, et
je vis le mouchoir blanc sur lequel il était posé. Celui-ci portait les mêmes initiales que celles de la brosse, WBM, bro-
dées en bleu, dans le coin. Et pour une raison ou pour une
autre je touchai le mouchoir qui était plié en quatre et sentis
quelque chose à l'intérieur ou en dessous. Je retournai le mouchoir pour regarder ce que cela pouvait être et découvris un
préservatif dans une enveloppe de papier d'étain rouge et or.
J'en avais déjà vu un. En fait, j'en avais vu souvent mais je
ne m'en étais jamais servi. A Lewiston, les garçons de mon
lycée en avaient et les exhibaient. A Great Falls, aucun de
mes copains de classe ne m'en avait montré, même si là-bas
les garçons parlaient de baiser les filles. Je pense pourtant qu'ils
en avaient et savaient s'en servir. Je n'avais jamais su si mon
père en avait, même si j'avais réfléchi à la question et avais
fouillé ses tiroirs. En fait, je ne sais pas trop ce que j'aurais
fait si j'en avais trouvé, parce que je me disais que ça le regardait ou plutôt que ça les regardait ma mère et lui. Je n'étais
pas complètement innocent, j'avais quelque idée de ce que
les gens pouvaient faire ensemble quand ils étaient seuls. Je
savais qu'ils faisaient ce qui leur plaisait.

Que Warren Miller ait un préservatif ne me surprit pas, même si je le voyais mal en train de s'en servir. J'avais beau essayer, j'arrivais tout juste à le voir assis sur le bord du lit, là où je me trouvais, en sous-vêtements, écrasant le bord du matelas, en chaussettes et les yeux fixés sur le sol. Il n'y avait pas de femme là-dedans. Mais je me dis qu'après tout, il avait bien le droit d'avoir une capote si ça pouvait lui faire plaisir. Je l'enlevai du mouchoir blanc. Il était fabriqué par la compagnie Murphy, située à Akron, dans l'Ohio. Je serrai l'emballage entre mes doigts, tâtai les contours de son contenu. Je le humai, il sentait l'amidon, à cause du mouchoir. J'envisageai de l'ouvrir. Mais je n'aurais su qu'en faire.

Je le reposai dans les plis du mouchoir et remis le revolver par-dessus. Ce faisant, je pensai à la femme de Warren, Marie la Rose, si tel était son nom, me disant qu'elle était partie de cette maison, de cette chambre et n'avait aucune intention d'y revenir. Et que Warren se retrouvait seul ici, avec ce souvenir qui lui donnait de quoi réfléchir. Je refermai le tiroir et retournai là où se trouvaient Warren Miller et ma mère. La musique s'était arrêtée.

Ma mère était assise sur le banc du piano, les jambes allongées. Elle n'avait pas retiré ses chaussures vertes, mais sa robe verte était remontée au-dessus des genoux et elle s'éventait avec une partition récupérée sur le piano. Elle me sourit comme si elle s'était attendue à me voir sortir de la chambre à ce moment précis. Warren Miller était assis à la table du repas, sur laquelle s'empilaient les plats et les assiettes. Il avait retrouvé son cigare.

— Alors, tu as fouillé dans les tiroirs de Warren ? » me demanda ma mère en souriant et en s'éventant. Sa voix était profonde. « Tu vas découvrir tous ses secrets et je suis sûre qu'il en a beaucoup.

— Aucun que je ne partagerais pas avec lui, dit Warren.

Il avait défait le bouton de son col et transpirait sous les bras.

— Un jour, quand son père et moi étions jeunes mariés, dit ma mère, j'ai loué un costume de marin, et en rentrant de ses cours de golf il a eu droit à un joli numéro de claquettes. C'était un cadeau d'anniversaire. Il a adoré ça. Il y a quelque chose en ce moment même qui me fait penser à ça.

— Vous pensez bien qu'il a adoré ça ! Vous pensez bien que ça devait être mignon tout plein. » Warren enleva ses lunettes, les essuya avec sa serviette et se tamponna les yeux avec celle-ci. Sans ses lunettes, son visage paraissait plus large et plus blanc. « Ta mère est une passionnée de danse, tu sais, fiston !

— Il veut dire par là que je continuerai jusqu'à ce que je m'effondre, dit ma mère. Il fait une chaleur d'enfer dans cette maison, à en tomber raide mort. » Ma mère me regarda comme si elle venait seulement de s'apercevoir que j'avais réapparu. « Qu'aimerais-tu faire maintenant, mon chéri ? demanda-t-elle. Je suis sûre que nous t'ennuyons à mourir. En tout cas, je suis sûre que moi je t'ennuie.

— Non, dis-je. Vous ne m'ennuyez pas. Je ne m'ennuie pas.

— Tu sais comment Warren s'est blessé à la jambe ? demanda ma mère.

Elle chassa une mèche humide de son front et recommença à s'éventer.

— Non, répondis-je en me rasseyant à la place que j'avais occupée pendant le dîner.

— Aimerais-tu le savoir ? demanda-t-elle.

— Oui, je crois, dis-je.

— Eh bien, un gros rouleau de fil de fer barbelé lui est rentré dedans, par-derrière, alors qu'il traversait la Smith River en s'enfonçant dans l'eau jusqu'aux fesses. Pas vrai, Warren ? Il était dans l'eau et vous ne l'avez pas repéré, n'est-ce pas ça que vous m'avez dit ?

— C'est exact, dit Warren Miller.

Il semblait un peu mal à l'aise d'entendre ma mère raconter ça.

— Et la leçon dans tout ça ? » Ma mère souriait. « Warren semble penser que nous devons toujours tirer une leçon de tout ce qui nous arrive. Le monde devrait en prendre note.

— Il y a toujours quelque chose là-haut prêt à vous emporter, dit Warren Miller, assis à la table du dîner, ses grosses jambes croisées devant lui.

— Ou non, dit ma mère.

— Ou non, c'est vrai aussi, dit Warren.

Et il sourit à ma mère. Il l'aimait bien. Je voyais que ça aussi c'était vrai.

— Il faut que nous rentrions, Joe et moi, dit ma mère en se levant. Je me sens tout à coup irritable et Joe s'embête.

— J'avais espéré que vous auriez passé la nuit, dit Warren, les mains posées sur ses genoux, souriant. Il fait plus froid et vous êtes ivre.

— Je *suis* ivre », dit ma mère. Elle regarda le vieux piano qui était derrière elle et posa la partition sur le pupitre. « Ce n'est pas un crime, que je sache, non ? » Elle se tourna vers moi. « Tu savais que Warren jouait du piano, mon chéri ? Il a beaucoup de talent. Tu devrais lui ressembler.

— Il y a une autre chambre, dit Warren Miller.

Et il nous montra l'autre pièce qui était allumée et où l'on apercevait le pied d'un autre lit.

— Je n'avais pas du tout prévu de passer la nuit ici », dit ma mère. Du regard elle fit le tour de la petite salle de séjour, comme si elle cherchait un manteau à porter lorsqu'elle serait dehors. « Joe est un très bon conducteur. Son père lui a appris à conduire.

— Il faut mettre quelque chose, dit Warren Miller.

Il se leva et s'en alla en boitant dans l'autre chambre, celle dans laquelle je n'étais pas allé.

— J'ai l'impression que Warren va me refiler une des pelures de sa femme, dit ma mère, l'air gêné. Ça t'est égal de conduire, non ? Je regrette mais je suis saoule.

— Sans problème, dis-je. Ça ne m'ennuie pas du tout.

— L'expérience du combat, dit ma mère. C'est ce que disait ma mère quand mon père s'enivrait, rentrait en braillant et commençait à se montrer exigeant. Tu auras une grosse promotion un de ces jours. Ce qui veut dire que tu seras adulte et que tu pourras partir.

Warren revint clopin-clopant, il apportait un pardessus marron.

— Ça devrait faire l'affaire, dit-il.

Il le tint pendant que ma mère l'enfilait. Elle boutonna les trois boutons, ce qui lui donna l'air d'être quelqu'un d'autre — pas un homme, mais quelqu'un que je ne connaissais pas.

— Vous n'auriez pas plutôt un manteau de votre mère ? demanda ma mère.

— Je les ai donnés à de bonnes œuvres, dit Warren.

— Ceux de votre femme aussi ?

Elle lui sourit.

— Peut-être que je me contenterai de les balancer, dit-il.

— Ne faites pas ça, dit ma mère. Elle attend peut-être au coin de la rue. On ne sait jamais.

— J'espère bien que non, dit Warren.

Et voilà qu'il prit ma mère par les épaules, l'attira contre lui et l'embrassa sur la bouche, là, devant moi. Je n'appréciai pas ça. Ma mère eut un mouvement de retrait, comme si elle non plus n'aimait pas ça. Elle se dirigea vers la porte.

— Allons, viens, Joe, fini la plaisanterie, dit-elle.

Je la suivis non sans jeter un coup d'œil du côté de Warren Miller. Il avait un air qui ne me plut pas. Il était furieux et je le voyais respirer sous sa chemise blanche. Il avait l'air de quelqu'un qui pouvait vous faire mal et qui vous aurait fait mal s'il s'était mis en colère ou s'il avait eu une raison de le faire. Il me déplut et, en fait, il me déplut toujours après ça. Ce que je voulais c'était lui échapper, partir dans la nuit, avec ma mère, et rentrer chez nous.

Il faisait froid dans la voiture quand nous y entrâmes. Je m'assis au volant et posai les mains dessus en attendant que ma mère me donne les clefs qui étaient sur le siège. Le volant, glacial, était difficile à manœuvrer. En bas de la rue, les néons bleus du restaurant italien brillaient encore, comme une brume.

— J'ai le cœur qui bat la chamade, dit ma mère. Allume donc.» J'allumai le plafonnier et elle se pencha pour chercher les clefs qu'elle finit par trouver entre les deux sièges. «J'ai trop bu, dit-elle. Ça vous accélère le cœur.» Elle me tendit les clefs puis elle ajouta : «Attends-moi une minute, Joe, je ne veux pas rentrer à la maison avec ce manteau.

Elle ouvrit la porte, descendit, traversa la rue et remonta l'escalier de béton, on voyait toujours de la lumière à la fenêtre. Je la regardai sonner puis attendre. Warren Miller vint lui ouvrir, elle entra tout en se débarrassant du manteau. Je les vis longer la fenêtre. Il lui avait pris le bras, ils parlaient. Puis, je ne les vis plus.

Assis dans la voiture froide, toutes lumières éteintes, j'attendais, regardant ce qui se passait dans la rue. Je regardai un groupe d'hommes sortir du restaurant italien et déambuler dans la rue déserte. Les mains dans les poches, ils bavardaient quand, soudain, l'un d'eux frappa un de ses voisins sur le bras en manière de plaisanterie et tous s'en allèrent dans des directions différentes. Le long du trottoir, un peu plus bas, des phares s'allumèrent, puis les voitures s'éloignèrent. Je demeurai immobile tandis que l'une d'elles passait à côté de moi. Une minute plus tard, un homme et une femme sortirent à leur tour du restaurant, engoncés dans de gros manteaux d'hiver. Ils firent quelques pas dans la rue, comme les autres, échangèrent quelques mots puis l'homme accompagna la femme jusqu'à une voiture et lui ouvrit la portière. Il l'embrassa, elle s'installa au volant, démarra et s'éloigna, à son tour, dans la direction opposée.

Je regardai la maison de Warren Miller en essayant de deviner combien de temps j'avais attendu et combien j'aurais à attendre, et ce que ma mère pouvait lui dire au sujet du manteau et de sa raison de ne pas le porter. Je ne voyais pas quelle importance cela pouvait avoir et ce qu'elle devait lui dire à mon avis, c'était qu'elle n'aimait pas qu'on l'embrasse et surtout pas comme ça, devant moi, et qu'elle ne le tolérerait pas à nouveau. Je me demandais ce que Warren Miller pouvait bien faire avec son bateau que j'apercevais le nez en l'air, dans son allée, je me demandais où il le faisait naviguer et si un jour je monterais dedans ou si j'irais à Spokane, dans son avion, ou si je le reverrais jamais. Et Dieu sait pourquoi, il me semblait que je ne le reverrais pas, c'est pour cela que j'aurais voulu remettre dans le tiroir, avec les deux autres, le petit canif en argent qu'il m'avait donné. Il ne me servait à rien pour l'instant et je me dis que je le jetterais dès que je le pourrais, qu'en fait je le jetterais dans le fleuve, en rentrant chez nous. Et quelque chose là-dedans, quelque chose au sujet de Warren Miller et de l'air qu'il avait la dernière

fois que je l'avais vu, à travers la fenêtre de chez lui, avec
ma mère dans la salle de séjour, me le rappela — un gars costaud, souriant, à qui mon père avait appris à jouer au golf,
un homme dont je ne me rappelais pas le nom, un homme
à qui je n'avais pas parlé, que j'avais tout juste aperçu, peut-
être à travers une fenêtre ou à l'intérieur d'une voiture ou,
au loin, en train de taper dans une balle de golf. Je n'avais
que ce fragment de souvenir.

Je finissais par me demander si les événements de notre vie
suivaient un ordre ou un schéma dont on n'avait pas
conscience mais qui, à la longue, agissait sur vous et faisait
que vous ne vous en étonniez pas, que vous ne vous en défiiez
pas et que vous étiez prêt à les accepter même si vous flairiez
anguille sous roche. Ou bien tout se passait-il n'importe
quand, en un tourbillon sans queue ni tête, comme nous le
penserions en voyant des fourmis ou des molécules sous le
microscope, ou comme d'autres pourraient le penser en nous
observant, d'une autre planète, sans rien connaître de nos difficultés ?

Du bas de la colline j'entendis retentir le sifflet annonçant
la relève de onze heures du soir. Les employés de la raffinerie de pétrole repartaient chez eux, j'étais fatigué et je voulais que Warren Miller sorte de notre vie, puisqu'il ne semblait
pas y avoir sa place.

Je descendis de voiture dans la rue glaciale et regardai la
maison. Je pensais en voir sortir ma mère d'un instant à
l'autre, mais rien ne bougeait. La lampe du porche était
éteinte, mais la lumière jaune à l'intérieur ne l'était pas. Je

crus entendre de la musique, du boogie-woogie — un piano
et des cuivres — mais je n'en étais pas sûr. Cela aurait pu venir
du restaurant italien. Je restai une minute à regarder la maison. Je n'avais aucune idée du temps qui s'était écoulé depuis
que ma mère y était entrée. J'entendis le bruit d'un aiguil-
lage dans la gare de marchandises en bas de la colline. Plusieurs voitures passèrent à côté de moi. Finalement je traversai
la rue, grimpai les escaliers, m'arrêtai à mi-chemin et écoutai. La musique augmentait, elle venait de la salle de séjour
de Warren Miller. J'aurais voulu crier à ma mère de sortir
ou tout au moins de venir à la fenêtre me faire un signe. Mais
je ne voulais pas crier «Maman» ni «Jeannette».

Je gravis les marches de l'entrée et, au lieu d'aller frapper
à la porte, je me dirigeai vers la fenêtre donnant sur la rue,
par laquelle je pouvais voir dans la salle de séjour. J'aperçus
la table non débarrassée. La porte de la cuisine était ouverte,
tout comme les portes des deux chambres, derrière elles je
voyais la salle de bains où j'étais allé et où la lumière se reflé-
tait sur les carreaux blancs. Et je vis ma mère et Warren Miller. Ils étaient debout au milieu de la pièce, là même où ils
avaient dansé. Je crois même que je faillis ne pas les voir. Si
j'étais retourné à la voiture, je ne les aurais pas vus du tout,
ou je ne m'en serais pas souvenu. Le manteau qu'avait porté
ma mère était par terre, ses bras nus étaient autour du cou
de Warren Miller et elle l'embrassait et lui passait les mains
dans les cheveux, là, au beau milieu de la pièce tout éclairée.
Warren Miller avait relevé la jupe de ma mère par-derrière
de sorte que vous pouviez voir ses jarretelles blanches et sa

petite culotte, blanche également. Et bien qu'il eût son cigare
coincé entre deux doigts, il serrait ma mère au-dessus de ses
sous-vêtements, la tirant si fort vers lui qu'il la souleva du
sol puis l'étreignit tandis qu'il l'embrassait et qu'elle
l'embrassait.

Je restai près de la fenêtre à les regarder — ils ne firent rien
de plus que ce que j'ai dit — jusqu'à ce que les pieds de ma
mère touchent à nouveau le sol, je crus alors qu'ils allaient
peut-être arrêter de s'embrasser, se retourner et me regarder,
car j'étais tout ce qu'il y a de plus visible derrière la vitre.
Je ne voulais même pas les arrêter ni leur faire faire ce qu'ils
ne voulaient pas faire. Je voulais continuer à regarder jusqu'à
ce que se passe ce qui devait se passer. Pourtant, lorsque les
pieds de ma mère touchèrent le sol, je fis un pas de côté et,
m'étant ainsi éloigné de la fenêtre, je ne pus me résoudre à
y retourner. Je craignais qu'ils me voient. Je fis simplement
demi-tour, redescendis les marches et traversai la rue jusqu'à
la voiture, m'installai dans le siège du conducteur et attendis
que ma mère termine ce qu'elle était en train de faire, sorte
et que nous puissions rentrer à la maison.

Peu de temps après, la porte d'entrée s'ouvrit, ma mère ressortit, sans manteau, simplement vêtue de sa robe verte. Elle
descendit l'escalier sans se retourner. Je ne vis pas Warren
Miller. La porte resta ouverte un moment puis elle se referma.
On ne ralluma pas la lumière du porche, mais je vis une lampe
s'éteindre dans la maison.

Ma mère se hâta de traverser la rue et s'assit dans la voiture à côté de moi, puis referma la portière en frissonnant.

— Il mérite une plus jolie maison que celle-ci », dit-elle. Elle croisa les bras sur sa poitrine et se remit à frissonner en secouant la tête. Je pouvais sentir l'odeur douceâtre et graisseuse de la lotion pour cheveux roux qui était dans la salle de bains de Warren Miller. « Tu n'as pas froid ? demanda-t-elle. Il fait plus froid. Il va bientôt neiger, et après, qui sait ?

— Ce n'est pas prévu, dis-je.

Je n'avais pas encore démarré la voiture. Nous étions juste assis dans l'obscurité.

— Tant mieux, dit-elle en soufflant sur le dos de ses mains. J'en suis moi-même étonnée, mais je reconnais que je me suis bien amusée. Et toi ?

— Oui, répondis-je. Je me suis bien amusé (même si c'était un mensonge).

— Mais je ne voulais pas de ce vieux manteau, non, vrai-ment, je n'en voulais franchement pas. » Elle porta les mains à son visage. « J'ai les joues qui me brûlent. » Elle se retourna et regarda sur le siège arrière comme si elle s'attendait à y voir quelqu'un, puis elle se tourna vers moi dans le noir. « Tu le trouves bien ?

— Non, répondis-je. Pas vraiment.

— Tu veux dire que tu regrettes d'être venu ?

— Je n'en sais rien, dis-je. Je n'y ai pas encore réfléchi.

Je tournai la clef et démarrai la voiture. Le chauffage se mit en route, nous envoyant de l'air froid.

— Eh bien, réfléchis-y, dit-elle.

— Promis.

— Que penseras-tu de moi le jour où je serai morte ? dit-elle. Tu n'y as peut-être pas encore réfléchi non plus...

— J'y ai réfléchi, dis-je en fermant le chauffage.

— Et alors ? Quel est le verdict ? Coupable, je suppose.

— Tu me manquerais, dis-je. Ça, j'en suis sûr.

— Warren m'assure qu'il a bien l'intention de t'emmener dans son avion, dit-elle. Il prétend que tu apprendras le morse en un après-midi. Moi qui ai toujours voulu l'apprendre... Je pourrais envoyer des messages secrets à des gens dans d'autres endroits.

— Pourquoi sa femme l'a-t-elle quitté ? demandai-je.

C'était tout ce que je trouvais à dire.

— Je n'en ai aucune idée, dit ma mère. Il n'est pas le moins du monde bel homme, bien sûr, les hommes ont d'autres façons d'être beaux. Ce n'est pas comme les femmes. Te trouves-tu beau ? » En disant cela, elle me regarda droit dans les yeux. Nous étions juste là, assis à bavarder dans la voiture, en face de chez Warren Miller, dans le noir. « Tu ressembles à ton père. Tu le trouves beau ?

— Oui, dis-je.

— Moi aussi, dit ma mère. Je l'ai toujours trouvé très beau. » Elle posa la paume de la main sur la fenêtre glaciale qui était à côté d'elle, puis la pressa contre sa joue. « On se sent vraiment seul par ici, non ? Qu'est-ce que tu en penses ?

— Pour le moment, c'est vrai, dis-je.

— Ce n'est pas tant la question d'être seul ni même de désirer la présence d'un absent, n'est-ce pas ? C'est plutôt le fait d'être avec des êtres qui ne sont pas vraiment à votre goût. Je pense que c'est normal.

— Peut-être, dis-je.

— Et tu es avec moi. » Ma mère me sourit. «Je pense que je ne suis pas tout à fait à ton goût. Tant pis. Tant pis pour moi, je veux dire.

— Je te trouve à mon goût, dis-je.

Je regardai la maison de Warren Miller et vis que les lampes de la pièce d'entrée étaient éteintes. On voyait briller une lampe par la fenêtre de côté. Il était dans sa chambre et je l'imaginais, courbé près de la porte du placard, en train d'enlever ses bottes, la main sur le papier peint pour ne pas perdre l'équilibre. Peut-être, pensais-je, ne fallait-il pas le blâmer d'avoir embrassé ma mère et soulevé sa robe par-dessus ses hanches. Peut-être ne pouvait-il pas faire autrement. Peut-être n'y avait-il personne à blâmer pour ça ni pour la plupart des choses qui pouvaient vous arriver.

— Pourquoi ne partons-nous pas ? me demanda ma mère. Ça va ?

— Ça va, répondis-je.

— Je sais que tu as bu du vin.

— Ne t'inquiète pas, ça va, dis-je. Et toi ?

— Oh ! Tu sais... reprit ma mère. J'ai peur de devenir quelqu'un d'autre, maintenant. Quelqu'un de complètement nouveau et de complètement différent. Que veux-tu, c'est sans doute dans l'ordre normal des choses. L'ennui c'est qu'on n'en a aucune idée jusqu'à ce que ça vous arrive. "Tiens, tiens", devrait-on dire. Oui. "Tiens, tiens..."

Et elle me sourit à nouveau.

Je démarrai, m'éloignai de chez Warren Miller en me disant que le monde était en train de changer pour moi, et au galop. Je sentais ça, comme un bourdonnement autour de moi, comme ce que mon père m'avait décrit quand tout s'était mis à changer autour de lui.

Lorsque nous entrâmes dans la maison, le téléphone sonnait. Il était onze heures et demie du soir. Ma mère fila répondre à la cuisine. C'était mon père, il appelait depuis l'incendie.

— Bonsoir, Jerry, comment vas-tu ? dit ma mère.

Je la voyais, debout, à côté de la table de la cuisine. Elle enroulait le fil du téléphone autour de son doigt et me regardait par la porte entrebâillée, tout en lui parlant. Elle paraissait plus grande que chez Warren Miller. Son visage avait une expression différente, plus sèche, moins souriante, je restai là à la regarder, comme si j'allais parler, même si je savais qu'il n'en serait pas ainsi.

— Écoute, c'est très bien, chéri, disait ma mère. Oui, franchement. Je suis soulagée d'apprendre ça. » Elle hocha la tête sans me quitter des yeux. Je savais que j'étais bien loin de ses pensées, et qu'elle ne se rendait même pas compte qu'elle me regardait. «Bonté, quel spectacle ! s'exclama-t-elle. Mon Dieu !» Elle se retourna et aperçut la tasse avec laquelle elle avait bu son whisky avant de partir, elle se mit à la tripoter tout en continuant à parler. «Dis-moi, est-ce qu'on arrive un tant soit peu à respirer? demanda-t-elle. C'est ça ce que je voulais savoir, ça paraît important.

Mon père parla à son tour un moment, j'entendais sa voix grésiller dans le récepteur, à l'autre bout de la pièce.

— Oui. Oui, dit-elle. Oui-oui.» Elle tenait toujours la tasse vide. Elle la retourna une dernière fois et, tout en écoutant, fit couler dans sa bouche les dernières gouttes, puis elle la posa sur la table, à côté d'elle. «Oui, on finit par atteindre ses limites. J'en sais quelque chose. Il faut s'adapter, dit-elle. Comment cela peut-il se produire aussi vite? Mon Dieu!» Mon père se remit à parler, ma mère me regarda, pointa le doigt en direction du couloir et je pus lire sur ses lèvres: «File te coucher!

Je ne devais donc pas parler à mon père ce soir-là, moi qui aurais tant souhaité lui dire qu'il me manquait, qu'il nous manquait à tous les deux et que nous aurions été heureux qu'il rentre ce soir. Mais ce n'était pas ce que voulait ma mère et je fis ce qu'elle dit car je redoutais une discussion à une heure aussi tardive avec mon père au téléphone et elle, ivre et amoureuse d'un autre homme.

Ma mère ne poursuivit guère sa conversation avec mon père. De ma chambre, je l'entendais dire un mot par-ci, par-là, puis elle baissait la voix et se mettait à parler. Elle ne mentionna pas une seule fois mon nom, ni celui de Warren Mil-

ler, ni le travail à la base aérienne pour lequel elle s'était portée candidate. Je saisis les mots « spontané », « mensonge »,
« personnel » et « gentil ». C'est tout. Quelques minutes plus
tard j'entendis le bruit du récepteur que l'on repose, celui
d'une porte de placard que l'on ouvre et de verre heurtant
du verre.

J'étais déjà au lit quand ma mère entra dans ma chambre.
Le plafonnier était encore allumé et je me dis qu'elle l'éteindrait pour moi. Elle avait un autre verre de whisky dans les
mains. Jamais je ne l'avais vue boire autant. Ce n'était pas
dans ses habitudes.

— Ton père salue son fils seul et unique », dit-elle et elle but
une gorgée. « Il m'a raconté qu'il avait vu un ours prendre feu.
Ça doit en faire un drôle d'effet ! » Je l'écoutais tout simplement. « Il a dit qu'il l'avait vu grimper dans un arbre pour
s'échapper et que le feu avait pris aux branches qui étaient
autour de lui. Le malheureux ours avait sauté de son perchoir,
transformé en torche vivante, et il s'était enfui à toutes pattes. Des choses comme ça, ça vous marque, tu ne trouves pas ?

— Il a parlé de son retour ? demandai-je.

Allongé dans mon lit, je me disais qu'il neigeait peut-être
là-bas, qui sait, et que le feu finirait par s'éteindre tout seul.

— Il n'en a sans doute plus pour longtemps, reprit ma mère.
Je n'ai pas posé de questions sur les détails primordiaux. Es-
tu fier de lui ? En arrives-tu à cette conclusion ?

— Oui, je le suis, répondis-je.

— C'est très bien, dit-elle. Il en serait heureux. Je n'essayerai pas de t'en dissuader.

— Et toi, es-tu fière de lui ? demandai-je.

— Oh, reprit ma mère, tu te rappelles quand nous sommes arrivés là-haut, tout près du feu ? Tu es descendu de la voiture et tu t'es approché de l'incendie, je crois que je voulais que tu en fasses l'expérience. Mais quand tu es revenu, je t'ai expliqué que cet incendie n'était en fait qu'une multitude de petits foyers isolés qui, un beau jour, faisaient rage tous ensemble et détruisaient tout ce qui était autour d'eux, tu te rappelles ? » Elle trempa son doigt dans son verre et porta son doigt à sa bouche. « Je crois, vois-tu, que rien n'est vraiment important en soi, dit-elle d'une voix étouffée.

— Je veux bien le croire, dis-je, bien qu'elle n'eût pas répondu à ma question au sujet de mon père.

— C'est pourtant vrai, dit ma mère, agacée. Et je te prie de croire que je sais ce qui est vrai, nom d'une pipe ! Mais jusqu'ici, je ne me suis jamais lancée dans une aventure pareille. » Elle inspira profondément et expira avec violence. De ma fenêtre, elle contemplait la nuit. « Qu'est-ce que tu dirais si je tuais quelqu'un ? Tu te sentirais gêné ?

Elle se tourna vers moi, je savais bien qu'elle n'avait pas l'intention de tuer qui que ce soit.

— Oui, répondis-je. Je me sentirais gêné. Je n'apprécierais pas ça.

— Dans ce cas, c'est très bien, oublions ça. Il va falloir trouver autre chose. Quelque chose de plus palpitant.

— Es-tu fière de Papa ? demandai-je. Tu n'as pas répondu à ma question.

— Oh ! s'exclama-t-elle. A vrai dire, non, pas vraiment. Mais je t'en supplie, oublie tout ça, mon chéri, après tout, qu'importe de qui je suis fière. De moi. Oui, j'aimerais simplement être fière de moi. C'est tout. Il va falloir que tu places ta confiance ailleurs. » Elle me sourit. « Je me demandais simplement pourquoi j'ai cru bon de t'emmener avec moi ce soir. On en fait des choses bizarres parfois ! Je ne sais pas qui je voulais présenter à qui. Tu t'en moques sans doute complètement. C'est juste une de ces choses, pas grand-chose...

— J'ai cru que tu voulais que je t'accompagne, dis-je.

— C'est vrai. Tu as raison. » Elle m'adressa un autre sourire et passa ses doigts dans ses cheveux. « Warren t'a raconté son histoire, ces oies qu'il avait vues quand il était en avion ?

— Oui, répondis-je.

— Une histoire merveilleuse, mais c'est de la blague, bien sûr. Il invente des machins et il vous les ressort. » Elle éteignit la lampe. « Ça vous fait passer un bon moment quand même, dit-elle.

Elle me dit bonsoir et referma la porte derrière elle.

Allongé dans mon lit, je réfléchis un petit moment avant de m'endormir. Non, Warren Miller ne m'apparaissait pas du genre à inventer des histoires. Il semblait plutôt de ceux à qui les choses arrivent, comme ma mère me l'avait dit, de ceux qui font ce qu'il ne faut pas faire mais qui essayent de se rattraper, un sale caractère, aurait dit mon père. Je me demandais ce que mon père avait dit de moi ce soir, s'il était en colère contre moi, si j'avais fait quelque chose de mal et essayais de ne pas le montrer. Tandis que le sommeil me gagnait, je crus entendre ma mère faire un numéro de téléphone. J'attendis, le cœur battant, le temps qu'il sonne et que quelqu'un réponde, Dieu sait où — Warren Miller, me dis-je, personne d'autre. J'entendis sa voix, « oui », dit-il. Là-dessus, le silence tomba et je m'endormis.

Je m'éveillai à deux heures du matin. Dans le couloir, j'entendis la chasse d'eau, quelqu'un agitait la poignée pour que l'eau s'arrête de couler. J'écoutai le bruit du métal contre le réservoir et celui de l'eau dans les tuyaux, je me levai, allai jusqu'à la porte de ma chambre, sortis dans le corridor sombre où l'on ne pouvait pas me voir. J'attendis jusqu'à ce que la porte de la salle de bains s'ouvre, projetant ainsi de la lumière sur le sol, et que Warren Miller en sorte, retourne éteindre la lampe puis se dirige vers la chambre de ma mère. Il était nu. Dans le rayon de lumière, je vis ses jambes et son torse velus. Je vis son pénis, et quand il se tourna, je vis les cicatrices derrière ses jambes, là où le barbelé l'avait blessé. En fait, on aurait plutôt dit une peau criblée de plombs. Il portait ses lunettes et, tandis qu'il se rendait dans la chambre de ma mère, je vis combien il boitait et comment cette jambe, la droite, refusait de se redresser, ce qui le faisait pencher sur le côté et lancer son autre jambe, la bonne, en avant, donnant ainsi l'impression qu'il se déhanchait encore plus. Alors qu'il s'éloignait dans le couloir, son corps blanchâtre luisait dans le noir, et j'étais là, en tee-shirt et en caleçon, quand il ouvrit la porte de la chambre de ma mère — plongée dans l'obscurité — et j'entendis celle-ci dire tout bas : « Pas de bruit, surtout pas de bruit. » La porte se referma et le lit grinça sous ce nouveau poids. J'entendis ma mère soupirer, j'entendis Warren Miller tousser et se gratter la gorge. Je gelais dans mon coin, adossé à la porte du placard du couloir. J'avais froid aux jambes, aux pieds, aux mains. Mais je ne voulais pas bouger de là parce que je voulais savoir ce qui se passerait d'autre, sentant qu'il y avait quelque chose dans l'air.

Dans la chambre, j'entendis ma mère et Warren Miller parler à voix basse. J'entendis encore le lit grincer puis faire un bruit sourd et répété. J'entendis ma mère dire : « Doucement ! » sans s'émouvoir, comme quand on n'aime pas quelque chose. Le lit refit du bruit et je me dis qu'il m'était déjà arrivé de dormir avec d'autres bruits autour de moi et que lorsque j'avais cru entendre ma mère appeler Warren Miller au téléphone, je ne m'étais pas trompé, c'était bien ça.

J'entendis ses pieds nus sur le plancher, boitant et glissant. J'entendis la porte du placard s'ouvrir et le bruit d'un cintre sur la tringle. J'entendis remuer des vêtements, j'entendis respirer, j'entendis un pied chaussé sur le plancher de la chambre. La porte de ma mère se rouvrit et Warren Miller et elle sortirent dans le couloir. Il portait la chemise blanche et le pantalon qu'il avait lorsqu'il était chez lui ce soir-là, il tenait ses bottes à la main. Ma mère n'avait sur elle que sa robe de chambre et ses chaussures dont je devinais le bruit sans les voir, à cause de l'obscurité. Ils ne regardèrent pas dans ma direction. Je sentais bien qu'ils ne pensaient ni à moi ni à l'endroit où je pouvais me trouver. Ils ne firent que traverser le couloir, l'un derrière l'autre, en se donnant la main, traversèrent la cuisine pour atteindre la porte de service. Celle-ci s'ouvrit et je crus un instant que ma mère lui montrait la porte pour qu'il parte. Alors cette porte et sa moustiquaire se refermèrent tout doucement. La maison demeura silencieuse et vide si ce n'est que j'étais là, seul dans le couloir, et que l'eau s'obstinait à siffler dans le réservoir bien que Warren ait essayé de l'arrêter.

Je sortis par la porte de service et regardai ce qui se passait dehors. Au clair de lune, je ne voyais rien d'autre que le bout du vieux garage au fond du terrain — un garage que nous n'utilisions pas — et l'ombre d'un bouleau dans la cour latérale. Je ne voyais ni ma mère ni Warren Miller, ils étaient partis.

Je rentrai dans ma chambre et, de ma fenêtre, regardai dans la rue. Je vis alors Warren Miller et ma mère. Ils marchaient sur le trottoir l'un à côté de l'autre, mais sans se tenir la main. Il avait encore ses bottes sous le bras. Tous deux s'éloignaient en toute hâte de la maison, presque en courant, comme s'ils avaient froid et voulaient gagner un endroit plus chaud. Ils s'engouffrèrent dans la rue obscure. Ils ne regardaient ni d'un côté ni de l'autre, d'une main ma mère relevait sa robe de chambre pour avancer à plus grands pas. Ils ne se retournèrent pas, ne semblèrent pas se dire quoi que ce soit, mais, de la fenêtre, je vis qu'ils se dépêchaient de rejoindre une voiture de l'autre côté de la rue. C'était la voiture rose de Warren Miller, solitaire, garée parmi les ombres et les tas de feuilles mortes, vous ne l'auriez pas remarquée si vous ne vous étiez pas attendu à la voir.

Une fois arrivés à hauteur de la voiture, ma mère se précipita vers le côté du passager et monta. Warren Miller s'assit du côté du conducteur et referma la portière. Le feu de position s'alluma immédiatement. Le plafonnier s'alluma, je les vis tous deux à l'intérieur, ma mère assise à l'autre bout du siège, contre la portière, et Warren au volant. Soudain, le moteur s'anima et de la fumée blanche s'échappa de l'arrière de la voiture. Le visage de ma mère se tourna vers Warren Miller, sans doute lui dit-elle quelque chose au sujet de la lumière car le plafonnier et les feux de position s'éteignirent. Mais la voiture ne bougea pas. Elle resta immobile dans le noir, de l'autre côté de la rue. De ma fenêtre, je regardai, attendant qu'elle s'éloigne et que Warren Miller et ma mère s'en aillent où ils avaient décidé d'aller, chez lui, dans un motel ou dans une autre ville ou ailleurs, à un endroit où je ne les reverrais jamais. Mais il n'en fut pas ainsi. L'Oldsmobile resta là, toutes lumières éteintes, moteur ronronnant, avec ma mère et lui à l'intérieur. Je ne pouvais pas les voir dans l'obscurité, et peu à peu leur respiration embua les vitres.

Je restai quelques minutes de plus à ma fenêtre. Il ne se passa rien, rien que je puisse voir, même si je croyais savoir ce dont il s'agissait. Juste ce que vous auriez pensé, rien de particulièrement étonnant. Une voiture descendit la Huitième Rue, sans ralentir ni remarquer quoi que ce soit. Ses phares balayèrent les vitres embuées et illuminèrent les gaz d'échappement. Mais je ne vis ni ma mère ni Warren à l'intérieur.

Je me demandai si ces gaz qui s'infiltraient dans la voiture ne risquaient pas de les asphyxier. Ça faisait partie de ces choses que vous lisiez dans les journaux. Et j'en conclus qu'ils couraient effectivement un danger, mais ils étaient assez grands pour le savoir, c'était leur problème. S'ils mouraient là-dedans, et pour les raisons qui les avaient amenés à s'y trouver, ce serait de leur faute et il n'y avait rien que je puisse faire pour eux. Au bout de quelques instants, derrière ma fenêtre glaciale, à observer la voiture et son pot d'échappement, je tirai mes rideaux et retraversai la maison où j'étais seul.

De ma chambre, je me rendis dans le couloir puis à la salle de bains. La chasse d'eau fuyait toujours, je soulevai le couvercle du réservoir, enfonçai mon bras nu dans l'eau froide jusqu'à ce que je sente le bouchon de plastique glissant qui était au fond. Je le maintins jusqu'à ce que l'eau cesse de couler et que mon bras s'engourdisse et devienne tout froid. J'attendis sans doute une minute, la main dans l'eau, pour m'assurer que le bouchon restait en place, puis je me séchai le bras, reposai le couvercle et essayai de penser à ce que je devrais faire ensuite. Devais-je aller me recoucher et essayer de dormir ? Allumer et aller lire à la cuisine ? Ou m'habiller et m'en aller dans la nuit, loin de là où était ma mère, dans la voiture de Warren Miller, et peut-être même ne pas revenir ou ne revenir que deux jours plus tard, ou appeler d'un autre endroit, ou ne jamais appeler ?

En fait, je me rendis dans la cuisine. La bouteille de whisky de ma mère était encore sur le placard, dans l'obscurité. Je pris la torche électrique qui était sous l'évier, l'allumai, éclairant ainsi le couloir, et m'en fus dans la chambre de ma mère où les rideaux étaient tirés et le lit défait, sens dessus dessous, un oreiller et un bout de drap traînaient par terre. Il y avait une drôle d'odeur dans l'air, le parfum de ma mère et une autre odeur qui rappelait de la lotion pour les mains et n'avait rien de douceâtre, que j'avais dû sentir quelque part sans parvenir à me rappeler où. Je promenai ma torche sur le réveil tourné vers le mur près du lit, le long de la porte du placard, qui était ouverte et d'où dépassaient les vêtements de ma mère, sur sa robe verte, ses chaussures vertes et ses collants abandonnés sur la seule et unique chaise. Je ne cherchais rien de particulier, je ne m'attendais pas à découvrir le moindre secret. C'était tout simplement la chambre de ma mère, avec ses affaires, et rien de ce qu'elle pouvait être en train de faire ne changerait quoi que ce soit.

Il n'y avait aucune trace de mon père dans la pièce, cela me frappa, on aurait dit qu'il n'avait jamais vécu là. Son sac de golf avait disparu. Les photos qu'il avait laissées sur le bureau avaient disparu. Le coffret en cuir dans lequel il rangeait ses boutons de manchettes avait été placé ailleurs, dans un quelconque tiroir, et ses livres sur le golf avaient été retirés de dessus son bureau où ils étaient alignés. Il n'y avait qu'une photo de lui sur le mur à côté de la fenêtre, cachée ou presque par le rideau. Sans doute ma mère l'avait-elle oubliée. Je promenai ma lampe sur le verre. Sur cette photo, mon père portait un pantalon et des chaussures de couleur claire et une chemise blanche à manches courtes. Debout sur un terrain de golf, un club à la main, il regardait le fairway en souriant, s'apprêtant à frapper la balle qui était à ses pieds. Sur la photo, il était jeune, il avait les cheveux courts et ses bras paraissaient vigoureux. Il avait l'air d'un homme qui savait ce qu'il faisait. Il pouvait vous expédier la balle à perte de vue dès qu'il serait prêt, mais il s'assurait que les choses étaient bien comme il les voulait. « Voilà comment on joue à ce jeu », m'avait-il dit la première fois qu'il m'avait montré cette photo, je devais alors avoir dix ou douze ans. « Ainsi, tu dois savoir à chaque seconde ce que tu fais. Ne pense plus à rien. Dis-toi que tu n'as aucun souci en ce bas monde et tu verras que chaque fois que tu taperas ça aboutira dans ce trou. C'est quand tu as l'esprit encombré de tas de choses que ça tombe à côté. Y a pas de secret. » De toutes les photos qu'il avait de lui, c'était sa préférée. Elle avait été prise lorsque ma mère et lui étaient jeunes mariés et que je n'existais pas encore, même en songe. Tandis qu'avec ma lampe de poche, j'éclairais cette photo de mon père et faisais revivre son visage net et souriant, sans un souci au monde, je me réjouissais qu'il ne soit pas là et ne sache rien de tout cela. J'étais heureux qu'il soit là où il était et j'espérais que d'une façon ou d'une autre tout serait terminé avant qu'il ne rentre et ne découvre que dans sa vie, dans la mienne et aussi dans la vie de ma mère, tout allait à vau-l'eau, plus rien n'avait de sens.

Par la fenêtre de la chambre de ma mère, entre les rideaux tirés, je regardai dans le jardin. Une dizaine de minutes avaient dû s'écouler depuis que je l'avais vue partir en peignoir accompagnée de Warren Miller qui, lui, tenait ses bottes à la main. Pas de lumière dans les maisons de notre rue, pas une voiture ne passait. Je ne voyais que l'arrière de la voiture de Warren Miller et les gaz qui continuaient à s'en échapper. Je crus entendre le ronronnement du moteur. Je me dis que ce qu'ils avaient été en train de faire dans la chambre de ma mère, peu importe ce dont il s'agissait, avait dû soudain leur sembler soit trop difficile à exécuter, soit trop bruyant, de sorte que la voiture leur était apparue comme un lieu plus adéquat. Sous l'effet du clair de lune et de la gelée, l'herbe de notre petit jardin était toute blanche. Dans la rue, l'ombre du saule pleureur s'allongeait et s'intensifiait. Perdue au milieu de tout ça, une pie sautillait par-ci, par-là, picorait dans l'herbe, regardait ce qui se passait autour d'elle et se remettait à voleter. Je posai ma torche contre la vitre, l'allumai. Elle projeta un faisceau de lumière discret sur l'oiseau qui s'immobilisa, sans lever la tête ni se tourner vers moi et qui resta là à regarder, semblait-il, devant lui, dans le vague. Il ne savait pas que j'étais là, il ne pouvait pas sentir la lumière qui l'effleurait, il ne pouvait pas voir qu'il se passait quelque chose de différent. Il était là, comme s'il attendait qu'un événement survienne qui lui donnerait une raison de bouger ou de s'envoler ou même de regarder à droite et à gauche. Il n'avait pas peur car il ne savait pas de quoi il pourrait avoir peur. Du bout de l'ongle, je tapotai le carreau froid, oh! pas bien fort, juste assez pour que l'oiseau l'entende. Il tourna la tête et ses yeux rouges se trouvèrent en plein dans la lumière. Il ouvrit ses ailes comme s'il s'étirait, les replia, fit un bond vers moi, puis s'envola brusquement vers la lumière, vers la vitre, vers moi. Mais il ne toucha rien, il s'éleva dans l'obscurité puis il disparut, me laissant le cœur battant, tandis que, dans le jardin glacial, ma lampe de poche s'épuisait pour rien.

J'entendis une portière de voiture se refermer. J'éteignis et me blottis contre le rideau pour voir dehors sans être vu. Je n'entendis pas de voix, mais ma mère apparut alors sur le trottoir, elle se dépêchait autant qu'auparavant, les bras frileusement serrés sur sa poitrine, ses chaussures martelant le béton. Elle tourna dans notre allée et je la perdis de vue. Alors, la voiture de Warren Miller s'éloigna lentement dans la nuit, ses phares éteints. J'entendis son gros pot d'échappement gargouiller dans la rue silencieuse. Je vis ses feux arrière rougeoyer puis elle disparut.

Je sortis de la chambre de ma mère, retraversai le couloir dans le noir et regagnai l'endroit où je m'étais tapi quand Warren Miller et elle avaient quitté la maison, un quart d'heure ou une demi-heure plus tôt. J'avais perdu la notion du temps, mais avec tout ce qui se passait, cela ne paraissait guère important. J'entendis ma mère ouvrir la porte de derrière. Elle le fit le plus normalement du monde, comme si rien ne se passait. Je l'entendis dans la cuisine. Le plafonnier s'alluma. Je l'entendis faire couler de l'eau, remplir un verre, je savais qu'elle était debout, près de l'évier, en train de boire de l'eau dans sa robe de chambre, le genre de choses que n'importe qui ferait n'importe quelle nuit. Je l'entendis refaire couler de l'eau puis attendre, puis ranger son verre et aller verrouiller la porte d'entrée. Elle traversa ensuite la cuisine et arriva dans le couloir où j'étais blotti, dans l'ombre, comme la fois précédente.

Mais elle ne me vit pas. Elle ne regarda même pas du côté où j'étais, dans la direction de ma porte. Elle passa dans le couloir et se rendit à la salle de bains. Je ne la vis qu'une fraction de seconde. Sa robe de chambre était ouverte, laissant voir ses genoux nus quand elle marchait. Une fois à l'intérieur, elle alluma mais ne referma pas la porte. Je l'entendis se servir des toilettes, puis tirer la chasse d'eau, faire couler de l'eau dans le lavabo et se laver les mains. J'attendais là, à l'abri de la lumière. Je n'avais rien prévu de dire ni de faire. J'avais sans doute imaginé que je lui dirais quelque chose quand elle sortirait ou que je me contenterais d'un « Salut ! » Ou « Ne t'en fais pas... Ça m'est égal. » Ou encore : « Qu'est-ce que tu fais ? » Mais rien de cela ne me venait à l'esprit. J'étais simplement là, et je compris qu'elle ne le savait toujours pas. Elle ignorait ce que je savais de tout ça, ce que je savais sur Warren Miller et elle. Elle ignorait ce que j'avais pu voir, ce que je pouvais en penser. Et jusqu'à ce qu'elle le sache, jusqu'à ce que nous en ayons parlé — même si elle pouvait tout supposer, et moi aussi —, ça ne s'était pas vraiment passé, et nous n'étions pas tenus de voir là un obstacle entre nous après ce soir. Cela se résumerait à l'une de ces choses que nous pourrions ignorer et en fin de compte oublier. Et ce que j'avais de mieux à faire serait de retourner me coucher, me rendormir et d'essayer de penser à autre chose quand je me réveillerais.

Mais ma mère sortit de la salle de bains avant que j'aie pu bouger de mon coin. Cette fois encore, elle ne regarda pas dans ma direction. Elle se dirigea vers sa chambre où je me trouvais cinq minutes plus tôt, puis soudain elle revint sur ses pas car elle avait laissé allumé dans la salle de bains et voulait, je pense, réparer cet oubli. C'est alors qu'elle me vit, dans l'ombre, en sous-vêtements, en train de l'observer, tel un cambrioleur surpris en flagrant délit.

— Nom de Dieu !» s'exclama ma mère avant que j'aie pu dire un mot ou faire un geste. Elle retraversa le couloir jusqu'à l'endroit où je me trouvais et me gifla. J'eus droit ensuite à une autre gifle, mais de l'autre main. «Je suis furieuse contre toi, dit-elle.

— Je n'ai pas fait exprès, dis-je. Pardon.

Je n'essayai ni de bouger, ni de lever la main, ni de faire quoi que ce soit. Sa robe de chambre était ouverte par-devant, en dessous elle était nue. Je pouvais voir son ventre et tout le reste. Il m'était déjà arrivé de voir ma mère nue, mais cette fois, c'était différent, j'aurais préféré qu'elle soit habillée.

— Je voudrais être morte», dit-elle. Elle fit demi-tour et repartit dans le couloir jusqu'à sa chambre. Elle ne pleurait pas. Elle n'essaya pas de fermer le devant de son peignoir. Quand elle se trouva dans la lumière qui filtrait de la salle de bains, elle se retourna et me regarda. Elle avait l'air en colère. Sa bouche paraissait démesurée, ses yeux étaient grands ouverts. Elle serrait les poings et je crus qu'elle allait revenir me frapper. Rien ne semblait impossible. « Tu veux sans doute partir, n'est-ce pas ? Pour le moment, en tout cas, dit-elle. Vas-y, ne te gêne pas. C'est toujours comme ça que ça se passe. Les gens font n'importe quoi. Sans aucun plan. Qu'est-ce qui va se passer ? Qui sait ? » Elle leva les mains, les paumes vers le haut comme je l'avais déjà vu faire à d'autres. « Si tu as des plans pour moi, dis-le moi. J'essayerai de m'y conformer. Peut-être seront-ils préférables à ça.

— Je n'en ai pas », dis-je. Ça commençait à m'élancer à l'endroit où elle m'avait frappé. Je n'avais pas eu mal sur le moment, mais maintenant je le sentais. Je me demandais si la seconde fois elle n'y était pas allée avec son poing, sans le vouloir, je pense, parce que mon œil me faisait mal. « Ça m'est égal, dis-je.

Je m'appuyai contre le mur et me tus. Je me sentais respirer, je sentais battre mon cœur, je sentais mes mains se refroidir. Je devais avoir peur sans le savoir.

— Un homme comme lui peut être beau, dit ma mère. Tu ne le sais pas. Tu ne sais rien, sauf ça. Je suppose que je devrais être plus discrète, cette maison est trop petite. » Elle se détourna et descendit le couloir jusqu'à sa chambre. Elle n'alluma pas. J'entendis tomber ses chaussures, j'entendis son lit grincer quand elle s'y glissa, je l'entendis ramener le dessus de lit sur elle pour s'en couvrir. Maintenant, elle allait s'endormir. Elle avait dû se dire que c'était ce qui lui restait de mieux à faire. Nous n'avions de projet ni l'un ni l'autre. « Ton père veut arranger les choses, dit-elle dans le noir. Je

146

n'en suis peut-être pas encore là. Tu peux lui raconter tout
ça. Qu'est-ce que ça peut faire ?

J'aurais voulu répondre, même si elle ne me parlait pas et
se livrait plutôt à un monologue. Je ne pensais pas que je
raconterais cela à mon père, et je tenais à le dire. Mais je ne
voulais pas être le dernier à prendre la parole. Parce que, si
j'ouvrais la bouche, ma mère se tairait comme si elle ne
m'avait pas entendu, et il ne me resterait plus qu'à vivre avec
mes mots, quels qu'ils soient, et sans doute pour toujours.
Et il y en a, des mots, des mots qui veulent dire quelque chose,
mais qu'on ne veut pas dire, des mots qui sont responsables
de vies brisées, des mots qui voudraient réparer quelque chose
de brisé, mais qui n'aurait jamais dû être brisé, quelque chose
que personne ne voulait voir briser et que, de toute façon,
ils n'arriveront pas à réparer. Raconter à mon père tout ce
que j'avais vu, dire à ma mère qu'elle pouvait compter sur
moi pour me taire, faisait partie de ces mots, des mots qu'il
valait mieux ne pas dire car ils ne servaient strictement à rien
dans le contexte général.

Je retournai m'asseoir sur mon lit, dans l'obscurité de ma
chambre. Je sentais toujours mon cœur battre. J'avais froid
en sous-vêtements, le sol gelait mes pieds nus, la nervosité
me glaçait les mains. Dehors, derrière la fenêtre, la lune bril-
lait toujours, j'en conclus que le temps se rafraîchirait et que
l'hiver nous surprendrait avant même, sans doute, que
l'automne se soit véritablement installé. J'eus le sentiment
d'être un espion, inefficace, inoffensif, incapable de provo-
quer quoi que ce soit. Un bref instant, aussi, j'ai souhaité être

mort et, tant qu'à faire, que nous le soyons tous les trois.
Je pensais que ma mère m'avait paru bien petite dans le couloir, son corps se profilant en ombre chinoise, comment elle
ne s'était montrée ni forte ni violente, que c'était sans doute
ainsi qu'elle l'avait vécu, que nous ressentions la même chose
en ce moment, et que seuls dans nos chambres, seuls dans
nos lits, nous entrevoyions le même avenir. Je m'efforçai de
voir là un réconfort, sans y parvenir vraiment. Une voiture
s'engagea dans notre rue, passa devant chez nous en klaxon-
nant. Je me précipitai à la fenêtre pour regarder. Je pensai
que c'était Warren Miller, qui d'autre cela aurait-il pu être ?
Il voulait revenir, ou il voulait qu'elle vienne le rejoindre,
ou il voulait juste lui faire savoir qu'il était là, dans sa voiture, dans l'obscurité, en train de se promener dans les rues
de Great Falls en pensant à elle dans une espèce de panique.
Le klaxon changea de son en s'éloignant, je ne vis jamais la
voiture, je ne sus jamais si c'était l'Oldsmobile de Warren
Miller ou la voiture de quelqu'un qui ne nous connaissait
pas. Je vis ses feux arrière, c'est tout, et j'entendis son klaxon
s'arrêter. Je retournai me coucher en essayant de retrouver
mon calme. J'écoutai les bruits de la nuit dans la maison. Je
crus entendre les pieds nus de ma mère sur le plancher, la
porte de sa chambre qui donnait sur le couloir se refermer.
Mais je n'en étais pas sûr. Là-dessus, je m'endormis.

Le lendemain matin, il faisait froid, comme je l'avais prévu. J'allumai mon poste de radio pour écouter le bulletin météorologique, on annonçait un vent du sud-ouest avant la fin de la journée, le ciel resterait dégagé, avec possibilité de neige le long des Rocheuses, ce qui serait un soulagement pour les équipes qui luttaient contre le feu là-bas à Allen Creek.

J'entendais ma mère s'affairer dans la cuisine. Ses chaussures raclaient le linoléum, je compris qu'elle s'apprêtait à sortir. La base aérienne, pensai-je, ou le silo, ou chez Warren Miller... Tout semblait encore possible. Pour l'une ou l'autre raison, je me dis que j'allais partir. Je n'avais pas d'endroit où aller, pas plus qu'il n'y avait d'endroit où j'aurais souhaité aller, mais je compris que je m'étais réveillé en me disant : « Que vais-je faire maintenant ? » Voilà qui semblait une de ces idées qu'on a au moment de quitter un endroit, même si c'est un endroit où on a toujours vécu, ou des gens avec lesquels on a toujours vécu.

Ma mère était assise à la table de la cuisine quand je m'habillai et sortis de ma chambre. Elle mangeait une tartine grillée et un œuf brouillé en buvant du café. Elle avait l'air épuisé, mais elle était bien mise : corsage blanc, nœud blanc autour du cou, jupe marron et hauts talons. Elle me regarda, regarda la pendule, au-dessus de la cuisinière, qui disait dix heures et quart, puis elle se remit à déjeuner.

— Tu devrais prendre un bol de café, Joe, dit-elle. Sors-toi un bol. Ça te remettra les idées en place.

Je pris un bol et me versai du café. Ma joue me faisait mal à l'endroit où elle m'avait frappé, mais je ne vis aucun bleu. Je m'assis en face d'elle. Je ne pensai pas qu'elle parlerait de la nuit dernière, et je n'allais pas aborder ce sujet. Pour moi tout était assez clair.

— Que vas-tu faire maintenant ? dit-elle.

Elle paraissait très calme, comme si quelque chose qui l'avait beaucoup tourmentée avait soudain cessé de la hanter.

— Je n'ai pas l'intention d'aller en classe aujourd'hui, dis-je.

— D'accord, dit-elle. Je ne m'attendais d'ailleurs pas à ce que tu y ailles. Je comprends.

— Qu'est-ce que tu vas faire ?

Je bus un peu de café noir. Je n'étais pas grand amateur de café, il me sembla trop chaud et sans goût.

— Je vais voir ces Helen Apartments pour essayer d'en louer un, dit-elle. Un trois-pièces. Tu es le bienvenu si tu veux venir y habiter.

— Entendu, dis-je.

Je ne pensais pas qu'elle en eût la moindre envie, non qu'elle ne m'aimait pas, mais simplement parce que ce n'était pas sa préoccupation majeure ce matin-là.

Je m'assis à table en m'efforçant de trouver quelque chose à lui dire, quelque chose dont nous aurions pu parler ensemble, quelque chose de tout banal, sur l'avenir ou même sur cette journée, mais en vain. Elle regarda par la fenêtre donnant sur le jardin et d'où l'on apercevait le ciel, un ciel bleu, sans nuages, puis elle but encore un peu de café, prit sa fourchette et la posa sur son assiette.

— Je peux te dire quelque chose ? dit-elle.

Et elle se redressa sur sa chaise.

— Oui.

— Tu vas en connaître dans ta vie de ces matins où tu te réveilles et personne ne te dit comment tu dois accueillir ta journée, dit-elle très lentement. Il faudra tout bonnement que tu saches. Par conséquent, me permettras-tu de te dire comment accueillir ce qui t'arrive cette fois-ci ? Après ça, je ne le ferai plus. Promis.

— D'accord, dis-je.

Car j'étais prêt à l'entendre. C'était bien ça la chose que je ne savais pas faire pour le moment, aussi étais-je heureux qu'elle en soit capable, elle.

Ma mère posa le bout de ses doigts sur le bord de son assiette dans laquelle il ne restait que quelques miettes et sa fourchette d'argent toute terne. Elle me fixa, les lèvres serrées.

— Non, je n'ai pas encore perdu l'esprit », dit-elle. Elle détourna son regard comme pour écouter l'effet de ces mots et réfléchir à ce qu'elle allait dire ensuite. « Quand tu vois les gens faire des choses qui te déplaisent, il ne faut pas te mettre en tête qu'ils sont cinglés. Parce que, vois-tu, la plupart du temps, ils ne le sont pas. Ce qui se passe, c'est que tu te sens exclu, c'est tout. Et peut-être contre ton gré.

Elle me sourit et hocha la tête comme si elle désirait que je sois de son avis.

— D'accord, dis-je. Je comprends ça (et c'était vrai, je comprenais).

— Je sais que tu ne souhaitais pas cette conversation, dit-elle. J'en suis désolée. Je ne t'en veux pas. Mais je suis encore en vie. Je ne suis pas morte. Il va falloir que tu t'y habitues. Il te faudra rendre des comptes sur tout. C'est notre lot commun.

— Tu vas voir Warren Miller, aujourd'hui ? demandai-je.

Je regrettai d'avoir posé cette question, parce qu'en fait peu m'importait la réponse, et qu'elle avait en tête quelque chose qui la préoccupait davantage, puisqu'elle s'exclama :

— Nom de Dieu ! » Elle se leva, porta son assiette à l'évier et la passa sous l'eau. « Le ciel est en train de nous tomber dessus », dit-elle. Elle se pencha sur le côté pour regarder le ciel du matin. « C'est ce que tu penses, n'est-ce pas ?

Elle me tournait le dos.

— Non, dis-je.

— Je ne pourrais pas supporter de me retrouver avec des années en moins, dit-elle. Je m'enfuirais de la fontaine de jouvence, je le jure ! Oui, je vais voir Warren. Ou du moins je

152

pense le voir. Je n'en sais rien. D'accord ? Non, je suppose
que tu ne l'es pas.

— Tu l'aimes ? demandai-je.

— Oui, dit ma mère. Et si tu te demandes comment ça s'est
passé aussi vite, eh bien c'est comme ça, c'est tout. Peut-être
cela s'achèvera-t-il tout aussi rapidement...

Je voulais lui demander si elle aimait mon père et s'il était
possible d'aimer deux personnes à la fois. Même si je savais
ce qu'elle croyait être la réponse. Ce serait oui dans les deux
cas. Et je pensais qu'elle avait sans doute raison, et j'aurais
voulu qu'il y ait quelque chose qu'elle puisse dire ou que je
puisse dire pour adoucir ce simple moment, pour le faire ressembler à un instant de la vie que j'avais connue...

— Le problème n'est pas de ne pas savoir dire non à
quelqu'un d'autre, ou qu'un tel est trop bel homme », dit
ma mère. Elle regardait toujours par la fenêtre. « Le problème est de ne pas savoir se dire non. A soi-même. C'est
une faille. En vous. Et non chez l'autre. C'est très clair pour
moi.

Elle me regarda par-dessus son épaule pour voir quelle tête
je faisais ou si j'allais dire quelque chose ou encore si je voulais qu'elle poursuive. Mais je ne devais pas avoir l'air d'y
penser car elle me sourit et se retourna vers la fenêtre, comme
si nous attendions tous deux que quelque chose se passe. Et,
en y repensant, je suppose que c'était vrai... Nous attendions
que mon père soit là, que l'incendie soit maîtrisé, que nos
vies deviennent ce qu'elles seraient désormais, différentes, ou
peut-être meilleures, ou peut-être pires...

— Sois gentil avec moi, me dit ma mère. Veux-tu être gentil avec moi ? Je sens que tout n'en irait que mieux. Tu peux penser ce que tu voudras, c'est entendu, mais sois gentil, ne le dis pas.

— Promis, dis-je.

Elle se tourna comme si elle allait repartir dans sa chambre. Ce faisant, elle tendit la main vers moi et me tapota l'épaule.

— Tu es un bon garçon, dit-elle. Tu ressembles à ton père.

Elle me laissa dans la cuisine et alla se préparer dans sa chambre. J'aurais voulu lui demander une fois de plus si elle aimait mon père. Je me disais qu'il me serait plus facile de me montrer gentil avec elle si j'étais fixé à ce sujet. Mais, assis à la table de la cuisine, tout seul, je n'aurais jamais pu lui crier ma question, et je n'avais pas l'intention de retourner dans sa chambre. Il me fallut donc me résoudre à ne pas savoir, puisque nous n'abordâmes jamais ce sujet par la suite.

Au bout de quelques minutes, elle repassa par la cuisine avant de sortir. Elle s'était brossé les cheveux, avait mis du rouge à lèvres et du parfum. Elle portait un manteau rouge, et elle avait trouvé son sac et ses clefs là où je les avais suspendus la veille. Elle s'approcha de la table — assis, je regardais les gros titres du *Tribune*, sans vraiment les lire —, elle me passa les bras autour du cou et m'étreignit brièvement et vigoureusement. Son cou sentait le parfum. Son visage, pressé contre le mien, me parut tout dur ; elle avait fumé une cigarette.

— Ta vie ne se résume ni à ce que tu as ni à ce que tu peux avoir, mon chéri. Mais à ce à quoi tu es prêt à renoncer. C'est un vieux dicton, je le sais, mais il n'en est pas moins vrai. On a tous besoin d'avoir quelque chose à quoi renoncer. Tu comprends ?

— Et qu'est-ce qui se passe si tu ne veux pas renoncer à quelque chose ? dis-je.

— Oh ! Eh bien, bonne chance. Tu y es forcé d'une manière ou d'une autre. » Elle sourit et m'embrassa une nouvelle fois. « Ce n'est pas vraiment l'un des choix. Tu dois renoncer aux choses. C'est la règle. La règle essentielle. Dans tous les domaines.

Elle sortit par la porte de derrière et traversa le jardin glacial vers ce que cette journée était susceptible de lui apporter.

Une fois qu'elle fut partie et que j'eus fini de lire le journal, je décidai d'aller me recoucher et de commencer mon livre sur le lancer du javelot. Je regardai ces dessins d'hommes musclés, leurs mouvements décomposés, sans toutefois parvenir à me concentrer. Puis je me dis que je ferais bien de me rendormir, car lorsque je me réveillerais, il me faudrait réfléchir à ce que j'allais faire. Je me disais que je quitterais sans doute la ville dans la journée, et que ma mère et moi nous étions dit au revoir sans vraiment nous en rendre compte. Je n'avais pourtant nulle envie de me presser, dans la mesure où je ne savais pas du tout où aller, ni comment j'y arriverais, ni même si j'en reviendrais un jour. Et cela semblait en soi une perte — non pas le fait de partir, mais celui d'avoir à décider où aller, comment m'y rendre et ce que ça me coûterait. Les menus détails constituaient la perte. Et je croyais comprendre ce que ma mère voulait dire quand elle parlait de renoncement et qu'elle avait raison. Et en m'endormant dans mon lit en cette fin de matinée, je pensais à la perte et à la façon dont je m'en accommoderais, seul. A la part de moi que j'accepterais de perdre.

Il était trois heures quand je m'éveillai. J'avais dormi cinq heures et raté mes cours de la journée. Je me dis que je n'irais sans doute même plus au lycée, et pas davantage à l'université. Je ne voyais pas pourquoi, mais je le sentais, et je n'aurais pas été étonné qu'on vienne m'annoncer ça. Et j'avais l'impression que les beaux jours de ma vie étaient finis et que d'autres choses commençaient. J'avais presque dix-sept ans.

Je pris une douche, me changeai. Il faisait froid, j'allai à la cuisine remonter la chaudière tout en cherchant quelque indice me permettant de savoir si ma mère était repassée à la maison. Son assiette était dans l'évier, son bol était à côté, rien n'avait bougé. Par la fenêtre donnant sur le jardin, j'aperçus des carouges éparpillés sur la pelouse. La voiture de ma mère n'était pas devant chez nous, elle était un peu plus bas dans la Huitième Rue, plus loin que

l'endroit où, la nuit précédente, l'Oldsmobile rose de Warren Miller était garée, contre le trottoir, presque cachée par
notre haie. Il n'y avait personne dedans. Tandis que je regardais, Warren Miller apparut, clopin-clopant derrière la haie.
Il traversa le trottoir, franchit la barrière de l'entrée,
remonta notre allée, comme s'il allait entrer chez nous,
comme si ma mère l'attendait.

Je me dissimulai sur le côté de la porte, tendis le bras
et réussis à fermer le verrou. J'entendis le pas pesant de
Warren Miller, il se dirigeait vers le seuil. Le plafonnier
de la cuisine était allumé, je savais qu'il pouvait le voir et
en déduire qu'il y avait quelqu'un. Je préférai cependant
ne pas bouger, même si mon cœur battait à tout rompre.
Je demeurai le visage contre le mur. Warren sonna deux
fois et attendit. Par le carreau, je ne voyais que le devant
de son pardessus. Je l'entendais remuer les pieds, j'entendais des pièces de monnaie tinter dans sa poche. Il en sortit une et s'en servit pour tapoter à la vitre en disant :
«Jeannette, ma chérie, tu es là ? Tu es à l'intérieur ?» Il
attendit quelques secondes, tourna la poignée pour entrer,
mais le verrou l'en empêcha. Il poussa deux fois la porte,
puis tira sur la poignée, sans brutalité mais fermement. Je
n'étais pas à plus d'une trentaine de centimètres de lui, mais
un mur se dressait entre nous. Je l'entendis dire : «Mon
Dieu, mon Dieu, mon Dieu», puis il s'éloigna du porche.

De la fenêtre, je le suivis du regard. Il fit le tour de la
maison. Je me précipitai en chaussettes à l'autre bout de
la cuisine et verrouillai la porte du jardin avant qu'il n'y

arrive. Je retournai ensuite dans le couloir, à l'endroit même
où je l'avais vu la nuit précédente sans qu'il le sache. Je
l'écoutai tapoter au carreau de la porte avec sa pièce, essayer
d'ouvrir ; puis il se dirigea vers la fenêtre de la cuisine et
découvrit qu'elle était bien fermée. Je l'entendis à nouveau
appeler ma mère, sans affolement mais avec insistance,
comme s'il savait que je me cachais chez moi et refusais
de le laisser entrer. Je restai dans le couloir, écoutant la
chaudière se remettre en marche et s'éteindre régulièrement,
je l'entendis essayer la fenêtre de la chambre de ma mère
puis la mienne. Mais elles étaient également fermées. Il
frappa à la mienne. Il dut voir que mon lit était défait, qu'il
y avait une serviette de toilette par terre, que mes chaussures étaient là. Je savais qu'il savait que j'étais là et que,
pour cette raison, il pourrait très bien casser le carreau et
entrer. Mais il s'en abstint. Il réessaya ma fenêtre, frappa
à nouveau au carreau, puis ce fut le silence ou tout au moins
ce fut tout ce que j'entendis de la pénombre de mon coin
de couloir. Je restai là à écouter, essayant de repérer son
pas de boiteux, mais en vain, je crus entendre sa voiture
démarrer, entendre le moteur s'emballer comme par accident, puis plus rien, plus de bruit de voiture, plus de bruit
à la porte, plus de pas maladroits. J'en conclus qu'il avait
fini par s'en aller.

Je traversai le couloir jusqu'à la chambre de ma mère,
où je n'avais pas voulu pénétrer. Le lit était fait. Il y avait
un oreiller par terre, des vêtements dépassaient du placard,
les rideaux étaient tirés, de sorte que la pièce était plongée

dans une douce pénombre. Sur le réveil, on lisait quinze heures quarante-cinq. J'entrai dans la pièce et allumai le plafonnier. Sur le sol, près de la tête de lit, j'aperçus une paire de chaussettes en nylon gris et rouge, presque retournées, qui avaient dû être lancées du lit. Je les ramassai puis regardai autour de moi pour voir s'il y avait autre chose. Je regardai sous l'oreiller, sous le lit, mais ne repérai rien, rien que Warren Miller voudrait récupérer, rien que ma mère voudrait dissimuler. J'emportai les chaussettes dans la cuisine, les roulai dans le journal posé sur la table, fourrai le tout dans la poubelle sous l'évier, sortis le sac d'ordures derrière la maison, le mis dans la grosse poubelle en métal. Puis je rentrai enfiler mon blouson avant de partir en ville.

*

* *

Je déambulai un moment dans Great Falls.

L'après-midi touchait à sa fin, je savais qu'il ne ferait pas jour bien longtemps, qu'à la nuit tombée il ferait froid et qu'alors je préférerais être n'importe où plutôt que dehors : dans un autocar en partance, à l'hôtel, dans une autre ville ou chez nous, avec ma mère, en train d'attendre la suite. Et j'ignorais ce que serait cette suite.

Great Falls est une ville où je me repère mal. Je com-

mençai par me rendre à mon lycée, situé dans la Deuxième
Rue. Il y avait encore du monde et de la lumière, même
si les cours de la journée étaient terminés. Des garçons couraient sur la piste, à l'extrémité sud du bâtiment ; éparpil-
lée sur l'immense terrain, l'équipe de football en sur-
vêtements blancs s'entraînait par un vent frisquet. Je restai
là à les regarder, à les écouter frapper des mains, à écouter
les épaulières qui se heurtaient, à écouter ces voix jusqu'à
ce que je me rende compte qu'on pouvait me remarquer
sur le trottoir qui longeait la pelouse. Quelqu'un saurait
se rappeler que j'avais été l'un d'eux et que j'avais lâché.
Et je ne voulais pas penser à ce que quelqu'un d'autre pouvait penser. Alors, je descendis la Seconde Avenue, jusqu'au
parc en bordure du fleuve, longeai le cours d'eau au-delà
des courts de tennis et des cibles de tir à l'arc, jusqu'au
passage piétonnier du pont de la Quinzième Rue. Arrivé
là, je pris le couteau que Warren Miller m'avait donné deux
jours plus tôt, deux jours qui me semblaient un mois, et
le fis tomber par-dessus la rambarde, là où je ne le verrais
pas fendre l'eau tranquille.

Du pont, je voyais les réservoirs de pétrole argentés, les
pylônes du terrain de base-ball où jouait l'équipe de Great
Falls. Je voyais le champ de foire, la fonderie, la piste de
hot-rod de Black Eagle et les trois silos blancs que possé-
dait Warren Miller — ou du moins dans lesquels il avait
des intérêts —, et où ma mère avait travaillé, travaillait ou
allait travailler, si tant est qu'il y eût une part de vrai là-
dedans. Au-delà, à perte de vue, c'était la prairie, toute plate,

sans arbres, jusqu'à Minneapolis et Saint Paul, m'avait dit mon père.

En contrebas, sur une bande de terre asséchée, deux grands Noirs pêchaient à la cuillère. Assises sur une couverture posée sur l'herbe, deux jeunes femmes blanches les regardaient en bavardant et en riant. Elles étaient en pantalon. Personne n'avait attrapé quoi que ce soit, la journée ne me semblait pas favorable à la pêche. Les hommes devaient appartenir à la base aérienne, ce devait être leur jour de repos. Ce qui les intéressait, c'était ces demoiselles, vraisemblablement des citadines, ou des employées de l'armée de l'air, ou des infirmières de l'hôpital ou des serveuses qui passaient leur jour de congé avec ces messieurs. Ils avaient l'air de s'amuser.

Je remontai la Quinzième Rue, sous les arbres qui la bordaient, atteignis la Dixième Avenue puis me dirigeai vers l'est, laissant la ville derrière moi. Je pensais aller jusqu'à la clôture de la base aérienne pour voir décoller les bombardiers en direction de la DEW Line ou du Pacifique, peu importe. J'avais fait ça au printemps avec mon père, après le travail, quand les gros avions n'étaient plus que des ombres claires qui filaient, précédant leur propre grondement, avant de disparaître dans les étoiles et dans la nuit.

Pour la première fois de ma vie, il me semblait que le moment était venu de savoir exactement ce que je devais faire, et que parmi toutes les possibilités qui s'offraient, il me fallait choisir la bonne, et m'engager dans cette direction. Je m'éloignai donc de la rue animée, dépassai les boî-

tes de strip, les concessionnaires de voitures, les motels affi-
chant déjà leurs prix hors saison, et décidai de mettre de
l'ordre dans mes pensées. Ma mère allait épouser Warren
Miller, nous irions habiter une autre maison de Great Falls,
quant à mon père, il irait sans doute vivre dans une autre
ville, peut-être même retournerait-il à Lewiston. Je compris pourquoi elle appréciait Warren : il savait des choses.
Il en savait plus que mon père, il était plus âgé. Je me
demandai s'il y avait eu d'autres hommes dans la vie de
ma mère, ou d'autres femmes dans celle de mon père, des
gens dont je n'avais rien su. Je décidai qu'il ne devait pas
y en avoir eu parce que je l'aurais su — étant tout le temps
là, avec eux. Puis je me demandai ce qui se passerait si mon
père avait un accident là-bas, ou s'il perdait la mémoire,
ou s'il ne revenait plus jamais chez nous. Oui, que se
passerait-il? Et si ma mère ne rentrait pas aujourd'hui et
que je ne la revoie jamais? Quelqu'un y comprendrait-il
quelque chose?

J'arrivai à la Trente-Huitième Rue, la traversai et longeai
les devantures des bars. Des voitures s'y garaient, des hommes et des femmes en descendaient pour prendre un verre.
Derrière les bars, on apercevait des hangars, des rangées de
petites maisons neuves, dans des rues neuves, et, plus loin,
un cinéma en plein air sans voitures, puis des voies ferrées.
Là s'arrêtait la ville et commençaient les champs de blé
d'hiver.

Alors, me demandai-je, ma mère et mon père étaient-
ils à présent séparés? Était-ce ce que cela voulait dire?

Mon père quitte la maison. Ma mère a un autre homme qui vient lui rendre visite. Je savais qu'on pouvait connaître les mots sans pour autant les faire correspondre à la vie. Le fait d'y parvenir était révélateur. J'ignorais si mon jugement valait quelque chose, ou, plus exactement, s'il était bon ou mauvais, mais je me disais qu'il devait y avoir des moments où il n'y a rien de bon à savoir, tout comme il y a des moments où il n'y a rien de bon à faire. «Limbes» était le mot dont s'était servi ma mère, et c'était là que je me trouvais pour le moment, dans les limbes, empêtré dans les soucis d'autrui, avec mes seuls soucis pour guides.

J'avais atteint la clôture de la base, de l'autre côté de la Dixième Avenue. Au-delà, il y avait des appartements, le parcours de golf où mon père avait donné des leçons, la vaste piste d'atterrissage, la tour de contrôle et les baraquements de la base. A l'est, la lumière baissait. Un avion à réaction décolla pendant que je regardais. Le jour paraissait gris, usé. Dans une heure, il ferait vraiment nuit, beaucoup plus froid et je voudrais être à la maison.

Sur le trottoir côté ville, il y avait un bar appelé La Sirène, des voitures étaient garées devant et, sur le toit, une enseigne au néon représentant une sirène verte clignotait dans la lumière terne de l'après-midi. Les aviateurs fréquentaient cet établissement où mon père m'avait emmené lorsqu'il donnait des leçons de golf à la base. Je savais à quoi ça ressemblait à l'intérieur, je connaissais la couleur de la lumière, l'odeur de l'air, les voix des aviateurs, basses et calmes comme s'ils savaient des secrets. Tandis que je passais devant ce bar, une Mercury noire s'arrêta avec à son bord les deux Noirs que j'avais vus en train de pêcher une heure plus tôt, quand j'étais en ville. Je remarquai qu'elle était immatriculée dans un autre État — la plaque était jaune — et qu'ils étaient seuls. Les jeunes femmes blanches n'étaient plus avec eux et ils riaient bruyamment en descendant de voiture. L'un d'eux posa son grand bras sur l'épaule de son copain. « Oh! non, je n'y suis pour rien. Non, franchement, dit-il. Que veux-tu, je n'ai pas pu m'en empêcher. » Ils se remirent à rire, et celui qui venait de dire ça me regarda en souriant en passant devant moi et ajouta : « T'en fais pas, fiston, on va tuer personne. » Là-dessus, ils partirent d'un gros rire, franchirent la porte de La Sirène et disparurent.

Je pris alors le chemin du retour. J'avais voulu partir, mais j'avais compris que je ne pouvais pas, parce que mes parents étaient encore là et que j'étais trop jeune. Je ne les aidais pas plus en restant, mais il existait entre nous des liens que je ne pouvais pas changer. Et dans la fraîcheur du soir, tandis que je me dirigeais vers Great Falls dont les lumières naissaient à l'horizon, vers cette ville où je ne me sentais, ni ne me sentirais, jamais chez moi, je me souvins qu'au milieu de la nuit ma mère m'avait demandé si j'avais un plan pour elle. Je n'avais pas de plan, et si j'en avais eu un cela aurait été que tous deux vivent plus longtemps que moi et qu'ils soient plus heureux que je ne l'étais. La mort me parut alors moins terrible que la solitude, même si je n'étais pas seul et espérais ne pas l'être, même si c'était une pensée infantile. Je me rendis compte que je pleurais sans le savoir, ni même en avoir idée. J'étais simplement en train de rentrer chez moi, croyais-je, en train d'essayer de penser à des choses, à toutes les choses de ma vie, telles qu'elles étaient.

QUAND JE rentrai à la maison, il faisait sombre. La lune s'était cachée derrière les nuages. En remontant l'allée, j'avais froid, n'étant pas vêtu assez chaudement. Il y avait de la lumière chez nous, de la lumière dans la rue. De la neige fondue, la première neige de l'année, tombait dans le jardin. Elle ne resterait pas longtemps, me dis-je, même si j'ignorais quand au juste l'hiver commençait.

Assise au milieu du canapé, dans la salle de séjour, ma mère était occupée à faire une réussite. Je l'avais déjà vue en faire et il lui fallait deux jeux de cartes. Elle avait appris ça quand elle était étudiante. Elle ne s'était pas changée depuis le matin, elle avait toujours son chemisier blanc avec son nœud blanc, sa jupe marron et ses escarpins. Elle me parut toute belle. Elle était assise sur le rebord du canapé, les genoux sur le côté, les cartes étaient étalées devant elle sur la table basse. Elle avait l'air de quelqu'un qui va sortir.

Elle me regarda en souriant tandis que j'entrais et refer-

mais la porte. Elle tenait la moitié des cartes dans sa main.
Je ne vis aucun verre nulle part.

— Où étais-tu, dehors, à une heure pareille ? demanda-t-elle.
Et à moitié nu par-dessus le marché !

— A mon boulot, répondis-je.

Un mensonge de plus, mais je ne pensais pas que ça avait
de l'importance et je n'avais pas l'intention de lui dire que
je m'étais rendu à la base.

— Tu es allé au lycée ? demanda-t-elle, les yeux toujours fixés
sur moi.

— Non, répondis-je.

— Bon, rien ne presse. Je pensais que tu y serais allé après
déjeuner.

— Et toi, où as-tu passé ta journée ? dis-je.

Je m'assis sur la chaise qui était à côté de la télévision. J'avais
les bras glacés, mais il faisait chaud à la maison. Je me demandais ce qu'il pouvait y avoir à manger. J'avais oublié ce que
c'était qu'un repas.

— Je suis allée visiter des appartements, dit-elle. Et j'avais
d'autres choses à faire.

— Tu vas en louer un ? demandai-je.

Ma mère coupa les cartes qu'elle tenait, en fit deux tas
qu'elle plaça l'un sur l'autre.

— J'ai versé une caution pour l'un d'eux, ce matin, dit-elle.
Il m'a paru agréable. Je pense que tu l'aimeras.

— Tu as vu Warren Miller ? » Ma mère posa les cartes, se
cala sur le canapé et me regarda. « J'attends le retour de ton
père », dit-elle. Et cela ne me surprit pas. J'avais pensé que

mon père serait de retour ce jour-là, s'il n'était pas mort. Il ne l'avait pas dit, mais c'était une de ces choses que j'avais notées chez eux — le décalage dans leur temps de réaction. Oui, je les connaissais à ce point... «Tu n'aurais pas trouvé par hasard une paire de chaussettes rayées, aujourd'hui? me demanda ma mère.

— Non, répondis-je.

— Bien.» Elle sourit. «As-tu mangé quelque chose?

— Non, répondis-je. Mais j'ai faim.

— Je te préparerais bien quelque chose...», reprit-elle. Là-dessus elle regarda la pendule à côté de la porte de la cuisine. «Je te préparerai quelque chose dans un petit moment, dit-elle. Ton père a pris un taxi pour rentrer. En fait, quand tu es rentré j'ai cru que c'était lui.

Je regardai par la fenêtre derrière moi et ne vis que la neige qui semblait danser au vent nouveau, le trottoir désert et les lumières des maisons de l'autre côté de la rue. Je me dis que notre voiture devait être dans le garage et que ma mère avait dû passer sa journée chez Warren Miller. Elle avait peut-être passé une heure à l'appartement, mais elle était allée chez Warren après ça. Ça lui était égal que je le sache. Elle avait sans doute eu l'impression de faire la *vie buissonnière* et, tandis que nous attendions mon père, de retrouver le quotidien. D'une certaine façon, je ressentais la même chose et je le regrettais pour elle.

— Aujourd'hui, il a neigé là-haut, à l'endroit où ils étaient, dit-elle tranquillement. Et maintenant, il neige par ici.

Ce n'était qu'une banalité, ça soulageait l'attente.

— Je sais, dis-je.

— Pensais-tu que ton père serait blessé?

— Non, dis-je. J'espérais que non.

— Moi non plus, dit ma mère. Honnêtement. » Elle croisa les bras et regarda les fenêtres à l'autre bout de la pièce, celles qui donnaient sur la rue. « Je l'aime passionnément. Je le sais. Mais je ne me sens pas à même de le lui exprimer pour le moment. Voilà tout. C'est ça le problème. » Elle passa ses doigts dans ses cheveux châtains et se gratta la gorge. Je pouvais voir qu'elle avait une petite marque au cou, une espèce de petit bleu, qu'elle tripotait inconsciemment. « On a plus de chances de se faire avoir par les événements que par les gens. J'en sais quelque chose, dit-elle. Tu sens ça aussi, Joe? N'as-tu pas le sentiment de te faire avoir par ici?

— Non, dis-je. Je ne l'ai pas.

— C'est bien, dit ma mère. Tu as beaucoup à attendre de l'avenir.

Elle se leva. Elle regardait par la fenêtre de devant. Elle épousseta sa jupe et rejeta ses cheveux en arrière. Je la regardai, puis regardai autour de moi. Contre le trottoir, derrière notre barrière, un taxi jaune était arrêté, sa lumière rouge scintillant par cette soirée neigeuse. Son plafonnier étant allumé, je vis le chauffeur se retourner et parler à quelqu'un qui, je le savais, était mon père. Je vis la main de mon père tendre de l'argent, et le chauffeur rire de quelque chose qu'ils venaient de dire. La portière arrière s'ouvrit alors et mon père descendit, portant le sac de voyage avec lequel il était parti, il y avait bien longtemps, me semblait-il.

— Eh bien, voilà notre valeureux combattant, annonça ma mère.

Debout devant le canapé, elle regardait par la fenêtre qui donnait sur l'entrée. Les bras croisés, elle se tenait très droite.

Je me levai de ma chaise et allai ouvrir la porte. La lumière du porche était allumée. Je descendis les marches pour accueillir mon père qui avait déjà parcouru la moitié de l'allée, et je le serrai dans mes bras. Il paraissait plus costaud que deux jours plus tôt, il souriait. Ses cheveux noirs avaient été coupés très courts, son visage était sale, pas rasé. Il posa son sac et me prit dans ses bras. Il portait une chemise de grosse toile, un pantalon de toile également et des bottes de bûcheron. Mon visage frôla ses vêtements, ils exhalaient une odeur de cendre et de brûlé. Sa chemise, tout contre ma joue, était raide de saleté. J'entendis le taxi repartir. Mon père posa la main sur mon cou, une main froide et rude.

— Il s'est mis à neiger ; du coup, ils ont renvoyé les petits malins chez eux. Alors, qu'est-ce que vous devenez par ici ?

Il avait dit cela d'une voix qui semblait entrecoupée. Il me serra à nouveau et encore plus fort contre lui. Cela paraissait un peu ridicule car il n'y avait pas bien longtemps qu'il était parti.

— Ça va, dis-je.

— Ta mère fait toujours la tête ?

— Je ne sais pas », dis-je. Je restai un moment agrippé à lui. « Je ne sais pas, répétai-je.

— On verra bien », dit-il. Il ramassa son sac. « Dépêchons-nous, y en a assez de cette neige. On se croirait dans le Montana, ma parole !

Nous avons gravi les marches de l'entrée et pénétré dans la maison, où il faisait chaud. Les lumières étaient allumées, ma mère attendait.

Confortablement assise sur le canapé, elle faisait face à la porte d'entrée, comme lorsque j'étais rentré à la maison ; cette fois, elle ne jouait plus aux cartes. Les cartes étaient rassemblées en deux tas sur la table, devant elle. Elle lui sourit quand nous rentrâmes, mais elle ne se leva pas. Et je sais que cela l'étonna. Ce n'était pas ce qu'il avait prévu, et peut-être fut-il déçu, comprenant qu'il se passait quelque chose d'inhabituel.

— Alors, cet incendie ? » Ce fut tout ce que dit ma mère. « Tu l'as éteint ?

— Non, répondit mon père.

Il souriait et je pense qu'il s'en rendait compte.

— On s'en doutait », dit-elle. Et elle lui sourit à nouveau et se leva du canapé, traversa la salle de séjour et l'embrassa sur la joue. J'étais juste à côté d'eux. En l'embrassant, elle lui dit : « Je suis heureuse que tu sois de retour, Jerry, et Joe aussi.

Elle s'éloigna alors de moi et vint se rasseoir sur le canapé.

— J'ai l'impression d'être parti longtemps, dit mon père.

— Trois jours, c'est tout », dit ma mère. On aurait dit qu'elle souriait encore, mais ce n'était pas le cas. « As-tu dîné ?

— Non, dit mon père, et j'ai faim.

Il resta debout quelques instants, sa valise noire à la main.

Je pensais que l'un d'eux me demanderait de quitter la pièce, d'aller faire quelque chose dans mon coin, mais il n'en fut rien. Et je restai simplement là, près de l'entrée, sentant sur mes chevilles un courant d'air qui s'infiltrait sous la porte.

— Pourquoi ne t'assieds-tu pas ? demanda ma mère. Tu dois être fatigué. Tu as dû voir des tas de choses !

— Je me demande qui je cherche à impressionner, dit mon père.

Il posa son sac derrière la porte d'entrée et vint s'asseoir là où j'étais assis auparavant, dans le fauteuil à côté de la télévision. Cela me permettait de mieux le voir. Il avait des gestes raides. Le dos de ses mains était calleux, on aurait dit qu'elles avaient été passées au four, je sentais encore sur lui cette odeur de cendre, odeur que je n'avais jamais associée à qui que ce soit avant de la sentir dans le café où ma mère et moi avions dîné, deux jours plus tôt.

— Une chose est sûre, tu n'as pas à chercher à m'impressionner, dit ma mère.

— Tu pensais que j'y laisserais ma peau ? demanda mon père.

— J'espérais bien que non », dit ma mère. Elle lui sourit comme si elle voulait faire croire qu'elle l'aimait bien. « C'est nous qui aurions été déçus, dit-elle. Tu crois que le feu s'éteindra un jour ?

Mon père examina ses mains, aux endroits où elles étaient rouges et endolories.

— Ça va continuer à fumer et ça menacera de repartir pendant encore longtemps. C'est pas facile à éteindre.

— Figure-toi que j'ai eu une révélation en ton absence»,
dit ma mère, et je la vis se détendre un peu. Je me dis que
les choses allaient s'arranger et que tout reviendrait dans
l'ordre. «J'ai eu le sentiment, dit-elle, que cet incendie était
peut-être quelque chose qu'il ne fallait pas éteindre. Et que
vous, les hommes, chacun de vous, y était allé se revigorer.

— Disons que ce n'est pas tout à fait exact », dit mon père.
Il leva les yeux vers moi, des petits yeux rougis, las. Malgré
tout, il avait l'air en forme, peut-être y avait-il retrouvé des
forces, comme l'avait dit ma mère. Il n'y avait apparemment
rien de mal à ça. «Cela vous force à sortir de vous-même,
voilà tout, dit-il. On voit tout de l'extérieur. On est confronté
à quelque chose de gigantesque.» Il me regarda à nouveau,
regarda ma mère et il cligna les yeux. «Tout vous paraît arbi-
traire. C'est sans doute difficile à comprendre. J'ai vu des flammes de trente mètres de haut ployer brusquement, comme
un chalumeau. Partir comme ça, dans tous les sens. Un gars
a été jeté à bas de son cheval par le souffle.

Mon père frissonna, comme saisi par une frayeur. Il secoua
vivement la tête pour en chasser une image.

— C'est atroce, dit ma mère.

— Je me sens tout drôle, dit mon père. Mais je suis heureux d'être à la maison.

— Et moi, je suis heureuse que tu sois rentré», dit ma mère.
Elle me lança un regard qui me parut perplexe. Elle était en
train de prendre une décision. Et même si je savais ce que
je souhaitais qu'elle décide, je n'avais pas le courage de le lui
dire, le courage d'essayer de l'aider. Ils avaient des choses à

se dire, des choses qui ne me regardaient pas. «Comment ça a commencé? dit-elle alors. Ils savent comment ça a commencé?

— C'est un incendie criminel, dit mon père en se rasseyant dans son fauteuil. C'est un homme qui a fait ça. Je n'aimerais pas être à sa place. Il va se faire descendre, ça, j'en suis sûr. Peut-être que c'était un Indien.

— Pourquoi un Indien? dit ma mère.

— Je ne les aime pas, c'est tout, dit mon père. Ils abandonnent les leurs, ils sont secrets. Je n'aime pas devoir leur faire confiance.

— Je vois, dit ma mère.

— Et le lycée? dit mon père en se tournant vers moi, un mouvement pour lequel il sembla forcé de faire pivoter tout son corps.

Il avait dû dormir à même le sol, me dis-je, et il était tout courbaturé.

— Ça marche très bien, répondit ma mère sans me laisser le temps de répondre.

Je crois qu'elle ne voulait pas que je lui mente et qu'elle savait que j'allais le faire. La vérité n'aurait rien amélioré.

— Parfait.» Mon père me sourit. «D'ailleurs, je n'ai pas été absent bien longtemps, n'est-ce pas?

— Il y a suffisamment longtemps que tu es parti, dit ma mère.

Et pendant un moment, ni l'un ni l'autre ne dit quoi que ce soit.

— Tout à l'heure, un gars m'a parlé d'un boulot avec les Eaux et Forêts. La brigade forestière », dit mon père. Il ne faisait guère attention à ma mère. Il se sentait mieux dans sa peau, je pense. « Pour eux, un diplôme universitaire constitue un atout. L'expérience a moins d'importance. Ils nous fourniront une maison du côté de Choteau.

— Jerry, il faut que je te dise quelque chose, dit ma mère. Elle s'assit sur le rebord du canapé, les genoux serrés, les mains sur sa jupe. Mon père laissa tomber le sujet des Eaux et Forêts et la regarda. Il sentit que c'était important, même s'il n'avait pas idée de ce que cela pouvait être. Que ma mère puisse le quitter était bien la dernière chose qui lui serait venue à l'esprit. Je pense qu'il s'imaginait que les choses allaient s'arranger. Il avait vraiment le droit de le penser.

— Je t'écoute, Jeannette, dis-moi ce dont il s'agit, reprit-il. Je bavarde et je bavarde, je te demande pardon.

— J'ai décidé d'aller vivre ailleurs, j'emménage demain, dit ma mère dont la voix semblait plus forte que nécessaire. On aurait dit qu'elle venait de dire quelque chose qu'elle-même ne comprenait pas. Quelque chose qui lui avait fait peur. Elle ne s'était pas attendue à réagir de la sorte.

— Que veux-tu dire ? demanda mon père. Que diable... Il la dévisageait.

— Je sais que ça peut surprendre, dit ma mère. J'en suis moi-même surprise.

Elle n'avait pas bougé, ses genoux étaient toujours serrés l'un contre l'autre, ses mains posées dessus, immobiles.

— Tu es folle ? dit mon père.

— Non, répondit ma mère le plus calmement du monde.
Je ne le pense pas.

Mon père se retourna soudain vers la fenêtre qui donnait
sur la rue. On aurait dit qu'il croyait que quelqu'un se tenait
là, sur le porche, dans le jardin ou dans la rue, quelqu'un qui
l'observait, quelqu'un à qui il pourrait en référer, quelqu'un
qui pourrait lui donner une idée de ce qui était en train de
lui arriver. La rue était déserte, bien sûr. La neige mouche-
tait la lumière du réverbère.

Il se tourna à nouveau vers ma mère. Brièvement. Il avait
oublié ma présence. Ils l'avaient oubliée. Mon père était pâle.

— Je suis en train de couver quelque chose, dit-il en serrant le poing sur l'accoudoir. Probablement un rhume. » Ma
mère continuait à le fixer. « Tu me plaques ? demanda-t-il.

Il frappa du poing le bras du fauteuil, comme s'il était
énervé.

Ma mère me regarda. Sans doute ne souhaitait-elle pas avoir
à aller jusqu'au bout pour le moment, mais elle était allée
trop loin et, à mon avis, elle ne voyait pas d'alternative.

— Eh bien, dit-elle. Oui, je te plaque.

— Qui est-ce ? dit mon père.

— Oh ! juste quelqu'un que j'aime bien, dit ma mère.

— Quelqu'un du Country Club ? demanda mon père.

Sa colère montait ; ma mère devait sentir qu'elle n'était plus
en mesure de l'arrêter.

— Oui, dit-elle. Mais là n'est pas la question. Ce n'est qu'un
simple hasard.

— Je sais, dit mon père. Je le crois.

Il se leva et arpenta la pièce. Comme s'il voulait entendre ses pieds frapper le sol, entendre le bruit de ses grosses bottes sur le plancher. Il passa derrière le canapé, puis il revint au milieu de la pièce. Je pouvais le sentir, sentir son odeur de cendre, ma mère aussi, je le savais. Il alla se rasseoir dans le fauteuil à côté de la télévision.

— J'ignore ce qui donne à la vie un semblant de cohésion, dit-il.

Il ne paraissait plus aussi en colère, on le sentait juste très malheureux. J'en étais désolé pour lui.

— Je sais..., dit-elle. Moi aussi. Et je le regrette.

Mon père pressa ses mains l'une contre l'autre. Très fort.

— Mais qu'est-ce qui te passe par la tête, nom de Dieu?» Il se tourna alors vers moi. «Je me fiche pas mal de qui ça peut être.

Il m'avait dit ça à moi, pour une raison que j'ignorais.

— C'est Warren Miller, dit carrément ma mère.

— Grand bien lui fasse! dit mon père.

— Ton attitude à l'égard de la vie est en train de changer, dit ma mère.

— Je le sais, dit mon père. Je m'en rends compte.

Ma mère posa ses mains à côté d'elle, sur le canapé. Cela faisait plusieurs minutes qu'elle n'avait pas bougé. Elle avait dû se dire que le pire était passé, et peut-être l'était-il, pour elle.

— Je n'admets pas que tu sois en colère contre moi, reprit mon père, simplement parce que je suis allé éteindre un incendie. Tu comprends?

— Je comprends, dit ma mère. Je ne suis pas en colère contre toi.

— L'amour est une chose », dit mon père. Et il s'arrêta de parler. Il regarda tout autour de lui comme si quelque chose l'avait fait sursauter, quelque chose qu'il avait entendu ou s'apprêtait à entendre, quelque chose qui lui était venu à l'esprit tandis qu'il parlait et qui avait fait s'envoler le reste de ce qu'il allait dire. « Où vas-tu emménager ? demanda-t-il. Avec Miller ?

— Dans l'un des appartements près du fleuve. Ils donnent sur la Première Rue.

— Merci, je sais parfaitement où ils se trouvent », dit sèchement mon père. Puis il reprit : « Mon Dieu, ce qu'il fait chaud ici ! » Sa chemise de toile était boutonnée jusqu'en haut ; il défit soudain trois boutons, jusqu'au milieu du torse. « Vous devriez baisser, dit-il.

Je me rappelai que c'était moi qui avais remonté le thermostat de la chaudière quand je m'étais retrouvé seul à la maison et que j'avais froid.

— Tu as raison, dit ma mère. Je suis désolée.

Mais elle ne se leva pas. Elle resta là où elle était.

— Ça a été difficile, ces trois jours ? dit mon père.

— Non, dit ma mère. Pas vraiment.

— Tant mieux. » Mon père la regarda. « C'est parce qu'on ne s'entend pas ? C'est ça ?

— Je le pense, dit ma mère calmement.

Elle porta sa main à son cou. La marque était dissimulée par son col, par le nœud blanc, mais elle venait de s'en sou-

179

venir, et se demandait où elle était et s'il pouvait la voir, ce qui était impossible.

— Bien sûr que j'aimerais revoir le monde comme avant et que tout s'arrange, dit mon père en lui souriant. J'ai l'impression que tout bascule. Le grand jeu, quoi.

— Moi aussi, dit ma mère.

— Nom d'une pipe, de nom d'une pipe, de nom d'une pipe ! s'exclama mon père.

Il secoua la tête en souriant. Je sais qu'il était ahuri de voir tout ça lui tomber dessus. Il n'avait jamais imaginé qu'il en serait ainsi. Peut-être cherchait-il ce qu'il avait pu faire de mal, peut-être faisait-il marche arrière dans son passé pour retrouver ces jours où la vie suivait un cours normal. Mais il n'arrivait plus à se rappeler quand c'était.

— Jerry, dit ma mère. Pourquoi n'emmènes-tu pas Joe au restaurant ? Je n'ai rien de prêt ce soir. Je n'ai su que très tard que tu rentrais.

— Bonne idée», dit mon père. Il me regarda encore une fois en souriant. «La vie est dingue, tu ne trouves pas, fiston ? dit-il.

— Il ne sait pas faire la différence.

Ma mère avait dit cela sèchement, sur un ton de reproche, sans la moindre bienveillance à son égard. Elle se leva et se tint derrière la table sur laquelle étaient posés les jeux de cartes. Elle attendait que nous partions.

— Je crois que je suis trop bien pour toi, dit mon père.

Sa colère venait de réapparaître à ce moment précis. Je ne l'en blâmais pas.

— Je le pense aussi », dit ma mère. Et elle esquissa un sourire qui n'en était pas un. Elle voulait tout simplement que ce moment de sa vie se termine, et que quelque chose d'autre, sans doute n'importe quoi, se passe. « Nous sommes tous trop bien pour tout, par les temps qui courent, dit-elle.

Elle fit alors demi-tour et quitta la salle de séjour, nous y laissant seuls, mon père et moi, sans autre part où aller, que dehors, dans la nuit, sans autre compagnie que lui et moi.

Nous descendîmes jusqu'à Central Avenue, dans la partie où l'on trouve des cafés et des bars qui servent des repas. Il continuait à tomber de petits flocons de neige qui tourbillonnaient devant les phares, mais la chaussée était déjà humide, de l'eau miroitait. Le temps que nous arrivions en ville, la neige avait commencé à se transformer en pluie, ce qui rappelait davantage un printemps dans l'État de Washington qu'un début d'hiver dans le Montana.

Dans la voiture, mon père fit comme si les choses n'allaient pas si mal. Il me dit qu'il m'emmènerait au cinéma si j'en avais envie, ou que nous pourrions passer la nuit à l'hôtel. Il avait entendu dire que L'Arc en Ciel était un hôtel convenable. Il mentionna que, jusqu'ici, les Yankees se défendaient très bien dans le championnat de base-ball, mais qu'il espérait que Pittsburgh gagnerait. Il ajouta également qu'on pouvait toujours commettre des erreurs, les adultes le savaient bien, mais que cela passait, et que je ne devais pas croire que nous n'étions que la somme de nos pires erreurs parce qu'en fin de compte nous étions meilleurs que nous ne le pensions, et qu'il aimait ma mère et qu'elle l'aimait, et qu'il avait commis des erreurs lui aussi et que nous méritions mieux que ça. Et je le sentais persuadé qu'il arriverait à redresser la situation entre eux.

— La vie réserve bien des surprises. Je m'en rends compte », me dit-il tandis que nous descendions Central Avenue dans la voiture encore glaciale. « Figure-toi qu'à Choteau j'ai vu un élan. Un élan, tu t'imagines ? En pleine ville. Le feu l'avait chassé de son territoire, personne n'en croyait ses yeux.

— Que lui est-il arrivé ? demandai-je.

— Oh ! J'en sais rien, dit mon père. Il y en avait qui voulaient lui tirer dessus, d'autres qui ne voulaient pas. Je n'en ai plus entendu parler. Peut-être qu'il s'est tiré d'affaire.

Nous sommes allés jusqu'au bout de Central Avenue et nous nous sommes garés en face d'un bar, dont la salle aux murs peints en blanc et au plafond haut était tout éclairée. Il s'appelait Le Présidentiel et, depuis la rue, à travers les fenêtres, je voyais, installés à deux tables du fond, des hommes en train de jouer aux cartes, mais personne au comptoir. J'avais déjà jeté un coup d'œil à l'intérieur de ce bar au cours de mes promenades en ville et je m'étais dit qu'il devait être fréquenté par des cheminots parce qu'il était près de la gare et des hôtels avoisinants.

— C'est un endroit très convenable, dit mon père. On y mange bien, et au moins on s'entend penser.

Ce bar était une salle longue, étroite, avec les portraits de deux ou trois présidents accrochés au mur, entre autres Lin-

coln et Roosevelt. Nous nous assîmes au comptoir et je
commandai de la soupe aux haricots blancs et un morceau
de tarte. Mon père commanda un whisky et une bière. Je
n'avais rien mangé depuis le matin et j'avais faim, même si,
assis dans ce bar avec mon père, je ne pouvais m'empêcher
de penser à ma mère. Faisait-elle sa valise ? Téléphonait-elle
à Warren Miller ou à quelqu'un d'autre ? Était-elle assise sur
son lit en train de pleurer ? Aucune de ces suppositions ne
me satisfaisait pleinement aussi décidai-je qu'une fois mon
repas terminé, je demanderais à mon père de me ramener à
la maison. Il comprendrait que l'on veuille faire ça, pensai-
je, surtout s'il s'agissait de votre mère, à un moment difficile.

— Une bonne partie de ce qui a brûlé n'est que de la brous-
saille, tu sais. » La main sur son verre de whisky, il contemplait ses cicatrices. « Tu pourras y aller au printemps prochain.
Un de ces jours tu vivras dans une maison faite de ce bois.
Un incendie n'est pas toujours une si mauvaise chose.

Il me regarda en souriant.

— Tu as eu peur quand tu étais là-bas ? demandai-je en man-
geant ma tarte.

— Oui, j'ai eu peur. Nous ne faisions pourtant que creuser
des tranchées, mais j'ai eu peur. Il peut se passer n'importe
quoi. Si jamais tu avais un ennemi, il pourrait te liquider sans
que personne n'en sache quoi que ce soit. Il m'est arrivé
d'empêcher un gars de se précipiter dans les flammes. Il m'a
fallu le plaquer au sol et le tirer en arrière. » Mon père but
une gorgée de bière et frotta ses mains l'une sur l'autre.
« Regarde mes mains, dit-il. J'avais les mains lisses quand je

jouais au golf. » Il les frotta plus fort. « Es-tu fier de moi, maintenant ? dit-il.

— Oui, répondis-je.

Et c'était vrai. J'avais dit à ma mère que je l'étais, et c'était vrai.

J'entendis le cliquetis de jetons de poker au fond de la pièce. Une chaise grinça, quelqu'un se leva. « Tu ne peux pas abandonner, maintenant, c'est moi qui gagne », dit l'un des joueurs et les autres se mirent à rire.

— J'aimerais vivre plus à l'est, dit mon père. Ce serait plus agréable que par ici. Partir de Great Falls.

Il laissait courir son imagination, il disait tout ce qui lui venait par la tête. Pour lui, c'était une nuit pas comme les autres.

— Moi aussi, dis-je, même si je n'étais jamais allé plus à l'est que lorsque j'avais accompagné ma mère, deux jours plus tôt, et que tout brûlait par là-bas.

— Tu crois que ta mère serait prête à tenter le coup ? dit-il.

— Peut-être, dis-je.

Mon père hocha la tête et je sentis qu'il pensait à cette région, à l'Est, pour laquelle il n'était sans doute pas fait et ma mère non plus. Ils avaient vécu dans des maisons citadines toute leur vie et s'en étaient très bien portés. Il était simplement en train d'essayer d'oublier un moment les réalités qu'il n'aimait pas et ne pouvait changer.

Mon père commanda un autre verre de whisky mais pas de bière. Je demandai un verre de lait et une part de tarte. Il pivota sur son siège et regarda les joueurs de cartes, au fond de la salle. Il n'y avait pas d'autres clients. Il était sept heures du soir et les clients n'arriveraient pas avant la relève de l'équipe de nuit.

— J'aurais dû me rendre compte de ce qui se passait, dit mon père, le dos tourné. Dans ce genre d'histoires, il y en a toujours un autre. Ne serait-ce que dans votre esprit. Et vous ne pouvez pas contrôler vos pensées, j'en sais quelque chose. Mieux vaut sans doute ne pas essayer. » Je restai assis sans rien dire, craignant qu'il me pose une question à laquelle je ne voulais pas répondre. « Ça fait un moment que ça dure ? dit mon père.

— J'en sais rien, dis-je.

— On se lance dans ce genre d'histoires et elles finissent par occuper toute votre vie, dit mon père. On ne voit plus rien d'autre.

— Je n'en sais rien, répétai-je.

— C'est l'argent, dit mon père. C'est là une grande partie du problème. C'est comme ça que les familles se désunissent. Pas assez d'argent. Pourtant, ce Miller m'étonne, dit-il. Il n'a pas l'air d'un type à faire ça. J'ai joué au golf avec lui. Il boite plus ou moins. Je crois qu'une fois j'ai enlevé la partie et il a perdu de l'argent.

— Il m'a raconté ça, dis-je.

— Tu le connais ?

Et mon père me regarda.

— Je l'ai rencontré, dis-je. Je l'ai vu une fois.

— N'est-il pas lui-même marié ? me demanda mon père. Je croyais qu'il l'était.

187

— Non, dis-je. Il ne l'est pas. Il l'a été.

— Quand l'as-tu rencontré ? demanda mon père.

Et soudain, j'eus peur. Peur de mon père et de ce que j'allais dire. Je sentais en effet que si je disais ce qu'il ne fallait pas dire, quelque chose en moi serait brisé et je ne serais jamais le même. Je voulais me lever et partir. Mais je ne pouvais pas. J'étais là, avec mon père, et il n'y avait pas d'endroit où je puisse aller qui serait assez loin. Je décidai que ce que les gens croyaient — par exemple, que je ne savais rien au sujet de ma mère et de Warren Miller — n'importait pas autant que la vérité. Et je décidai que c'était ce que je dirais si on me demandait de parler et si je connaissais la vérité, quoi que j'aie pu penser auparavant, quand la situation était différente.

Je pense malgré tout que c'était une erreur et que mon père l'aurait pensé aussi s'il avait eu la possibilité de choisir. Mais il ne l'avait pas. J'étais le seul à l'avoir. C'était à cause de moi.

Mon père se retourna sur son tabouret et me regarda avec des petits yeux durs. Il voulait que je lui dise la vérité, je le savais. Mais il ignorait quelle serait cette vérité.

— Je l'ai rencontré chez nous, dis-je.

— Quand ça ? demanda mon père.

— Hier, dis-je. Il y a deux jours.

— Que s'est-il passé ? Que s'est-il passé alors ?

— Rien, dis-je.

— Et tu ne l'as pas revu ? demanda mon père.

— Je l'ai vu chez lui, dis-je.

— Pourquoi y es-tu allé ? » Mon père m'observait. Sans

doute espérait-il que je mentais et qu'il me prendrait en défaut, qui sait, en train de mentir pour noircir ma mère, s'imaginant peut-être que je ferais ça pour lui, afin de le réconforter en prenant parti pour lui. « T'es-tu rendu chez lui seul ?

— Non, dis-je. Avec Maman. Nous y avons dîné.

— Vraiment ? dit-il. Vous y avez passé toute la nuit ?

— Non. Nous sommes rentrés à la maison.

— Et c'est tout ? dit-il.

— Tout pour ce jour-là, dis-je.

— As-tu vu, en mon absence, ta mère faire quelque chose que tu n'aimerais pas avoir à me rapporter ? dit mon père. Je sais bien que ça fait bizarre d'apprendre ça. Tout est probablement ma faute. J'en suis désolé. » Il me regarda très intensément. Je crois qu'il ne voulait pas que je parle, mais il voulait aussi savoir la vérité et nos rôles respectifs à ma mère et moi. Et je n'ajoutai rien d'autre parce que, même si je repassais tous les événements dans ma tête, tout ce qui était arrivé en tout juste trois jours, je ne croyais pas tout savoir et ne désirais ni prétendre ni faire semblant de prétendre que ce que j'avais vu correspondait à la vérité. « Peut-être n'est-il pas nécessaire de répondre », dit mon père après une pause. Il se retourna vers les joueurs de cartes au fond de la salle. « Ta mère t'a-t-elle dit quelque chose, a-t-elle dit quelque chose dont tu te souviennes ? Non pas au sujet de ce qu'elle aurait pu faire. N'importe quoi. J'aimerais savoir ce qui lui est passé par la tête.

— Elle a dit qu'elle n'était pas folle, dis-je. Et qu'il était difficile de se dire non à soi-même.

— Les deux sont justes, reprit mon père, en regardant les hommes jouer aux cartes. Je m'en suis moi-même rendu compte. C'est tout?

— Elle a dit que tout le monde devait renoncer à des choses.

— Pas possible! dit mon père. C'est bon à savoir. Je me demande à quoi elle a pu renoncer.

— Je n'en sais rien, dis-je.

— Peut-être a-t-elle décidé de renoncer à nous. Ou juste à moi. Ça doit être ça...

Le garçon m'apporta ma tarte, mon verre de lait et une fourchette. Il posa le verre de whisky de mon père sur le comptoir. Mais mon père regardait de l'autre côté. Il réfléchissait. Il resta sans parler pendant un long moment, peut-être trois minutes, tandis qu'à côté de lui j'attendais, sans toucher à ma part de tarte ni faire quoi que ce soit, là, tout simplement.

— Je n'ai passé que trois jours là-bas, mais ça m'a semblé long, dit-il enfin. Je peux me mettre à la place des autres.

— Oui, dis-je en touchant ma fourchette.

Mais mon père se retourna et me regarda à nouveau.

— Tu as dû voir ce Miller avec ta mère, non? Pas seulement pour dîner, je veux dire.

Sa voix était très calme, aussi lui répondis-je simplement :

— Oui, ça m'est arrivé.

— Où étaient-ils? demanda mon père en me regardant.

— A la maison, dis-je.

— La nôtre? dit-il.

190

— Oui, dis-je.

J'ignore pourquoi je lui dis cela. Il ne m'y contraignit pas, mais je le fis. Cela avait dû me paraître naturel à ce moment-là.

— Eh bien, j'en suis désolé, Joe, dit mon père. Je sais que tu ne t'attendais pas à ça.

— Ça va..., dis-je.

— Eh bien non, dit mon père. Ça ne va pas. Mais il faudra bien que ça aille pour toi d'une façon ou d'une autre. » Il se détourna et prit son verre de whisky. « Je n'ai pas besoin de boire, mais j'en ai simplement envie, maintenant », dit-il. Il but un peu et reposa son verre. « Quand tu auras fini ta part de tarte, nous irons faire un tour en voiture.

Pendant que j'achevais ma tarte, mon père se leva pour aller aux toilettes. En revenant, il s'arrêta dans le fond du bar et passa un coup de téléphone. Je l'observai, mais je ne pus entendre ce qu'il disait ni à qui il parlait. Je me dis que c'était sans doute à ma mère, et qu'il lui parlait de ce que je venais de lui dire, lui annonçant qu'il ne me ramènerait peut-être pas à la maison ce soir-là, ou l'enjoignant de quitter la maison ou encore lui disant combien elle l'avait déçu. Tout cela me vint à l'esprit, bien qu'il n'ait pas parlé longtemps. Quand il revint, il tenait un billet de cinq dollars qu'il laissa sur le comptoir en me disant : « Allons nous rafraîchir les idées. » Dehors, il s'était remis à neiger légèrement. Les gens faisaient la queue devant l'Auditorium, mais il ne les remarqua pas ;

nous montâmes dans la voiture et remontâmes Central Avenue, nous éloignant ainsi du centre de la ville.

Mon père se dirigea vers la Quinzième Rue. Nous ne parlions guère. Il s'arrêta devant une station-service et, assis dans la voiture, je l'entendis parler au pompiste qui faisait le plein. Ils parlèrent de la neige, qui, au dire du pompiste, tournerait en pluie puis en verglas, ils parlèrent de l'incendie d'Allen Creek, et mon père lui confia qu'il avait lutté avec les équipes de secours jusqu'à cet après-midi même. Ils tombèrent d'accord pour dire que le feu s'éteindrait bientôt. L'homme vérifia le niveau de l'huile et la pression des pneus, puis il ouvrit le coffre pour faire quelque chose que je ne pus voir. Il dit quelque chose à mon père sur la nécessité d'un nouveau feu de position, mon père le régla, remonta, et nous avons poursuivi notre chemin.

Nous avons repris Central, jusqu'au centre de Great Falls, du côté de la gare, du parc municipal et du fleuve, où je m'étais promené dans la journée, nous longeâmes ensuite les Appartements Helen, où ma mère emménageait. Mon père ne sembla pas les remarquer, ni remarquer d'ailleurs grand-chose. Il conduisait comme ça, pensais-je, sans but précis, tandis que son esprit travaillait sur ce qui le préoccupait : ma mère, moi, ce qu'il adviendrait de nous tous. Tandis que nous nous éloignions vers l'est, j'apercevais les projecteurs du stade de football qui brillaient dans le ciel neigeux. C'était vendredi soir, il y avait un match, Great Falls rencontrait Billings. J'étais content de ne pas y participer.

— J'ai dit qu'un incendie pouvait avoir du bon, tu te rap-

pelles, dit mon père. La plupart des gens ne le croient pas. »
Il paraissait de meilleure humeur en conduisant, comme s'il
avait pensé à quelque chose qui le réconfortait. « Il est vraiment ahurissant de voir à quelle vitesse le monde peut se mettre à tourner à l'envers, tu ne trouves pas ?

— Si, répondis-je.

— Trois jours, si j'ai bonne mémoire, dit-il. Enfin, les choses n'étaient peut-être pas aussi stables que je voulais le croire.
C'est clair, je crois.

— Je ne sais pas, dis-je.

— Bien sûr que si, dit-il. C'est clair. » Il me regarda, il souriait. Il posa la main sur mon épaule, il tâta mes os. « Tu vois,
une fois que tu peux le regarder en face, le pire est passé. Après
ça, les choses commencent à s'arranger. Mon départ a tout
bonnement été néfaste pour ta mère. C'est tout.

— Tu as aimé ça, là-haut ? demandai-je.

Voilà ce que je voulais savoir.

— Oh, reprit mon père, mon attitude a changé. D'abord
tout m'a paru mystérieux, ensuite ça m'a paru enivrant et
puis je me suis senti dépassé. Et en partant, je me sentais frus-
tré, dit-il. Maintenant c'est fini.

— Tu avais une petite amie là-bas ? demandai-je, car c'était
ce que ma mère m'avait dit deux soirs plus tôt.

— Non, dit-il. Il y avait des femmes, là-bas. En fait, j'ai vu
des femmes se bagarrer. J'en ai vu se battre comme des
hommes.

Et ça me paraissait bizarre, deux femmes qui se battaient.
Mais cette idée avait un côté excitant et je compris à quel

point il était étrange pour moi d'avoir ce genre de conversation avec mon père, et pour tous deux de savoir ce que nous savions de ma mère, et de voir les choses de cette manière, qui n'était pas si négative, après tout. Cela me semblait une façon de voir audacieuse, exaltante, qui me plaisait.

— Est-ce que le copain de ta mère vit à Black Eagle, dans People Street ? » demanda mon père en conduisant. Devant nous se dressait le pont qui menait à Black Eagle et, derrière, les silos blancs, tout illuminés dans la bruine neigeuse. « Tu as dit que tu y étais allé, n'est-ce pas ?

— Oui, dis-je.

— Par conséquent, tu sais où il habite ? demanda mon père.

— Oui, répondis-je. C'est par là.

— Très bien, dit mon père. Nous allons y passer.

Il tourna à gauche, prit le pont de la Quinzième Rue, nous traversâmes le Missouri et arrivâmes à Black Eagle, où l'on ne voyait que les lumières des maisons adossées aux collines, et, derrière, comme un rideau de fond, la nuit et la neige.

A mi-hauteur de la colline, nous tournâmes à droite. Il était huit heures du soir, beaucoup de maisons que nous longions avaient leur porche éclairé, on voyait aussi de la lumière à l'intérieur. Mon père semblait savoir où il allait, il ne regardait qu'occasionnellement les numéros. En bas de la rue, je commençai à apercevoir les néons bleus du grill italien. Personne dans la rue, et pas de voitures devant, si l'on n'avait pas été vendredi, j'aurais pensé qu'il était fermé.

— Ce n'est pas une rue chic, n'est-ce pas ? dit mon père.

— Non, je ne trouve pas, dis-je, en observant les maisons.

— C'est étonnant, dit-il. Personne ne voit avec les yeux d'un riche, je suppose. » Il se tut un moment, tandis que nous descendions lentement la rue de Warren Miller. « J'aimerais pouvoir faire revenir ta mère sur sa décision.

— Moi aussi, dis-je.

— Ce n'est pas une bonne affaire pour elle, dit-il. A mon sens.

Il arrêta la voiture en face de chez Warren, à l'endroit où ma mère s'était garée la veille au soir. Je repensais à tout ce qui m'était passé par la tête, tandis que j'étais assis là, avec ma mère : que finalement je n'avais d'autre choix que de la suivre quand elle était entrée, et que je l'avais suivie. Puis je cessai de repenser à tout ça parce que les circonstances étaient maintenant entièrement différentes, elles n'avaient pratiquement rien à voir avec ce qui s'était passé la veille au soir ni n'importe quel soir. Je me trouvais pour le moment avec mon père, et tout était différent.

Il y avait de la lumière à l'intérieur de la maison, bien que le porche ne fût pas éclairé. L'Oldsmobile de Warren était garée dans l'allée en pente raide, derrière le bateau à moteur, comme la fois précédente. Mon père coupa le moteur, baissa la vitre et regarda la maison. J'entendis jouer du piano. Je me dis que ça venait de chez Warren Miller et qu'il devait être en train de jouer tandis que nous étions là, dans le noir, à observer ce qui se passait.

— J'aimerais jeter un coup d'œil là-dedans », dit mon père. Il se tourna et me regarda dans l'obscurité. « Qu'est-ce que tu en penses ?

— D'accord, répondis-je.

Je regardai la maison derrière lui, et ne vis personne à la fenêtre où brûlait la lampe à l'ancienne.

— Je reviens tout de suite, Joe.

— Entendu, dis-je.

Il sortit de la voiture, referma la portière, traversa la rue et gravit le perron. J'entendais le piano dans la nuit, j'entendais quelqu'un chanter. Un homme. Je me dis que personne ne remarquerait mon père sauf s'il cherchait à se faire remarquer ou s'il sonnait ou frappait à la porte, et je ne le voyais pas faisant ça. Je me demandais qui mon père avait bien pu appeler du bar. Ma mère ? Ou Warren Miller, pour savoir s'il était chez lui ? Ou sans doute quelqu'un qui n'avait rien à voir avec ça.

Mon père arriva en haut des marches, puis sur le porche. Il se retourna, regarda la voiture et, au-dessus, par-delà la rangée de maisons et le fleuve, la ville illuminée. Il se dirigea ensuite vers la fenêtre donnant sur la rue et regarda à l'intérieur de la maison, se penchant pour mieux voir. Il ne cherchait pas à se cacher, il se tenait devant la fenêtre et regardait de sorte que, si quelqu'un avait jeté un coup d'œil du côté de la fenêtre, à ce moment-là, il aurait été vu.

Il ne resta pas longtemps à la fenêtre, juste assez pour faire du regard le tour de la pièce et apercevoir ce qu'il pouvait des autres pièces et de la cuisine. Alors, il se retourna, redescendit les marches du perron, jusqu'à la rue qu'il traversa pour se rendre à la voiture dans laquelle je l'attendais. Il ne monta pas, il se contenta de se pencher à la vitre.

— Alors, fiston, comment te sens-tu ? dit-il en me regardant.

— Bien, répondis-je, même si ce n'était pas tout à fait vrai. Être là me rendait nerveux, j'aurais aimé que nous repartions.

— As-tu froid ? dit-il.

Il ne parlait pas très fort.

— Non, P'pa, dis-je.

J'entendais toujours le piano à l'intérieur de la maison. Et j'avais froid. J'avais les bras glacés.

Mon père tourna la tête et regarda vers le bas de la rue. Il n'y avait rien à voir. Rien ne bougeait.

— Peut-être que je ne peux plus être amoureux, après tout..., dit-il en soupirant. Pourtant, je peux t'assurer que j'aimerais améliorer la situation. Tu le sais ?

— Oui P'pa, dis-je.

C'est alors que je vis Warren Miller. Il se dirigeait tout droit vers la fenêtre par laquelle mon père avait regardé. Il s'immobilisa un instant et regarda dehors, en direction de notre voiture, me sembla-t-il, puis il s'éloigna. Il portait une chemise blanche, comme la veille. Je me demandai si ma mère était avec lui, à l'intérieur, et si c'était ce que mon père avait vu quand il avait regardé et la raison pour laquelle il venait de dire ça. Puis je décidai qu'elle n'y était sûrement pas, qu'elle était toujours à la maison où nous l'avions laissée et que nous l'y retrouverions si nous rentrions.

— Il va se passer quelque chose », dit mon père, en tapotant sur le châssis métallique de la vitre. Il regarda le bas de la rue comme s'il réfléchissait. «J'aimerais bien ne pas avoir cette impression.

Je me tus pendant un moment, puis j'ajoutai :

— Moi aussi.

Mon père soupira encore une fois.

— Je le sens, dit-il. Je le sens.» Il se tut à son tour un moment, fixant le trottoir du regard. «Je me demande simplement ce qu'il faudrait pour que je quitte ta mère...

Il leva les yeux vers moi.

— Peut-être ne la quitterais-tu pour rien au monde, dis-je.

— Rien que je puisse imaginer, c'est juste.» Il hocha la tête. «La vie est ainsi faite qu'elle doit toujours te surprendre, dit-il. C'est une drôle de journée, tu ne trouves pas? Une journée importante.

— Tu parles! dis-je.

— Elle m'a épuisé. Absolument épuisé.

Je me sentais épuisé moi aussi, et il devait l'avoir perçu.

— Peut-être qu'on devrait rentrer, maintenant, suggérai-je doucement.

— On devrait. Oui, on devrait sûrement, dit-il. Dans une minute.

Il se redressa, alla à l'arrière de la voiture et ouvrit le coffre. Je regardai derrière, mais ne pus voir ce qu'il faisait ni entendre quoi que ce soit. Il ne dit rien que je puisse saisir. Il referma le coffre et, en regardant par la vitre de côté, je le vis qui gravissait en courant les marches de béton menant à la maison toute blanche de Warren Miller, dont les lumières étaient allumées et d'où continuait à s'échapper la mélodie d'un piano. Il portait quelque chose, j'ignorais quoi, quelque chose qu'il semblait avoir sorti du coffre de notre voiture et qu'il tenait à deux mains, devant lui. J'éprouvais ce sentiment dont j'ai entendu parler depuis et qui accompagne les désastres, le sentiment de voir les choses de très loin, comme si vous les regardiez par l'autre bout d'un télescope, alors qu'elles sont là, juste sous votre nez, et que vous êtes là, paralysé, impuissant. Je vis mon père arriver en haut des marches et se diriger vers le petit porche qui longeait en partie le devant de la maison. Il tourna, puis il alla à l'extrémité du porche, juste sous la fenêtre. J'entendis ses pas sur les planches. J'entendis le bruit à peine perceptible d'une bouteille qu'on vide. Alors, je compris ce qu'il faisait, ou essayait de faire. La musique cessa chez Warren Miller. Ce fut le silence, à l'exception du bruit des bottes de mon père et du bruit de ce qui coulait de la bonbonne, puisque c'était une bonbonne qu'il tenait. Il renversait le contenu — l'essence ou le kérosène qu'il avait acheté — sur la maison, là où les planches du porche rejoignaient la façade. Je voulus l'arrêter, mais il allait vite et j'étais incapable de me déplacer assez rapidement, étant dans la voiture, il semblait que j'étais incapable de mouvoir mes mains à une vitesse suffisante ni de faire le moindre bruit qui attirerait son attention pour que je puisse lui demander d'arrêter ce qu'il faisait. J'entrevis sa silhouette lorsqu'il passa devant la fenêtre. La lampe du porche s'alluma et Warren Miller ouvrit la porte à l'instant où mon père y arrivait. Warren sortit sur le porche éclairé — je le vis boiter. Mon père et lui étaient là, tous deux, mon

père tenant la bonbonne de verre, Warren ne tenant rien
du tout. C'était là une vision étrange. Je crus un instant que
les choses allaient s'arranger, que Warren Miller prendrait
la situation en main, ce dont il était capable, je le savais, et
que mon père renoncerait à ses plans, quels qu'ils fussent
— de mettre le feu à la maison de Warren Miller, de foutre
en l'air sa vie, la mienne et celle de ma mère comme si elles
ne comptaient pas et comme si nous faisions tout aussi bien
d'y renoncer.

— Eh bien, Jerry, qu'est-ce qui se passe ? » dit Warren Miller d'une voix calme. Il fit un pas en direction de mon père,
comme pour mieux voir ce qui se passait. Sans doute détecta-
t-il l'odeur d'essence, car il recula. Il devait y avoir de l'essence
partout. Mon père se redressa et dit quelque chose que je ne
pus saisir, on aurait cru « Chapeau, chapeau », deux fois le
même mot. Soudain, mon père s'accroupit, juste devant Miller, comme s'il allait rattacher sa chaussure. En fait, il gratta
une allumette. J'entendis Warren dire : « Voyons, Jerry, que
diable ! »

Alors, le porche se mit à flamber, tout autour d'eux. La
bouteille que tenait mon père prit feu, à l'intérieur et à l'extérieur. Les planches sur lesquelles se tenaient mon père et
Warren Miller flambaient. Une langue de feu jaune et bleue
alla lécher presque paresseusement la façade, puis elle descendit tout le long du porche et se mit à remonter le long des
panneaux de bois que mon père avait arrosés d'essence en
premier. La maison me parut dévorée par les flammes, du
moins sur le devant. Je me dépêchai de m'extirper de la voi-

ture, parce que les bottes de mon père et le bas de son pantalon avaient pris feu et qu'il essayait d'éteindre celui-ci avec ses mains, en bondissant frénétiquement.

Warren Miller disparut simplement. Je ne le vis pas partir, mais il n'était plus là à l'instant où les flammes s'élevèrent. Il avait dû appeler quelqu'un à l'aide. Mon père demeura seul sur le porche, essayant de ne pas être lui-même victime de ce feu qu'il avait allumé dans sa jalousie, ou sa colère ou dans un simple accès de folie, qui semblaient soudain relever d'un bien lointain passé hors de proportion avec ce qui se passait.

— Joe, je suis en feu ! s'écria mon père depuis le porche tandis que je gravissais en courant les marches de béton pour le rejoindre.

— J'ai vu, dis-je.

— Je suis désolé, dit-il. Je n'avais pas l'intention de faire ça. Sûrement pas.

Il paraissait à la fois excité et calme, bien qu'une de ses bottes fût en feu. Il avait réussi à éteindre l'autre botte et le bas de son pantalon avec ses mains. Il avait quitté l'endroit où il avait déclenché le sinistre et gagné le bord du porche, de sorte qu'il était assis avec une jambe dans le vide et l'autre, celle dont la botte était en flammes, à côté de lui, et il la frappait à main nue, pour arrêter les flammes. Derrière lui, le porche flambait. Je le sentais qui brûlait et fumait. Je voyais flamber les panneaux de bois à l'entrée de la maison, je sentais la chaleur qui s'en dégageait.

En arrivant près de mon père, j'enlevai mon blouson, le

mis sur la botte qui avait pris feu et le maintins en l'entou-
rant de mes bras pour étouffer les flammes.

— Je ne peux pas très bien me voir pour l'instant, dit mon
père. C'est une bonne chose. » Il ne paraissait plus aussi excité.
Il était très pâle, ses deux mains étaient noires, comme si elles
avaient été brûlées. Il les posa sur ses genoux, et je me dis
qu'il ne savait peut-être pas ce qu'il venait de faire, ou qu'il
s'était brûlé et ne le sentait pas. « Ta mère n'est pas là-dedans,
me dit-il, très calmement. T'inquiète pas, je m'en suis assuré.

Une neige fine commençait à nous recouvrir.

— Pourquoi as-tu allumé ça ? dis-je tout en tenant son pied.

— Pour remettre les choses en ordre, je suppose », dit-il,
en regardant ses mains sur ses genoux. Il les souleva pour quelque raison, puis les reposa. Dans le lointain, j'entendis une
sirène. Quelqu'un avait donc appelé les pompiers. « Mes mains
ne me font pas mal, dit mon père.

— C'est bien », dis-je. Et je lâchai son pied et repris mon
blouson. Il avait l'air encore en état. Il ne semblait pas avoir
brûlé, même s'il sentait le cuir et l'essence dont il avait été
imprégné. « Veux-tu monter dans la voiture ? demandai-je
(c'était ce que je voulais).

— Non, répondit-il. Ce n'est pas la chose à faire pour le
moment. » Il se retourna et regarda la maison. Il y avait encore
des flammes sur le porche et le long des panneaux du devant.
La bouteille était cassée. Le feu s'éteignait sur le bois humide,
il fumait davantage qu'il ne brûlait, et il ne me semblait pas
que la maison brûlerait beaucoup plus, ni qu'elle serait réduite
en cendres comme je l'avais cru au départ. « Tout ça c'est inu-

tile, dit mon père. Ça n'a pas lieu d'être. Ta mère n'a pas confiance en moi. C'est tout. Toute cette histoire vient de ce manque de confiance.

Il hocha la tête, remua ses dix doigts sur ses genoux comme s'il essayait de les sentir, mais en vain. Et ça le perturbait et il voulait faire quelque chose pour les sentir à nouveau. Dans son esprit, ils étaient liés à quelque chose d'important.

Warren Miller sortit en hâte par la porte d'entrée. Il avait enfilé la veste de son complet, une femme l'accompagnait, une femme grande, mince, au visage allongé et blême. Elle portait un pardessus en laine et des escarpins argentés. Je reconnus ces chaussures, c'était celles que j'avais vues dans le placard de Warren. Boitant bas, il lui fit descendre à bonne allure les marches en bois de l'entrée, au-delà de l'endroit où mon père et moi nous trouvions, puis ils descendirent l'allée pour s'éloigner de la maison, pensant sans doute, mais à tort — qu'elle allait être réduite en cendres. Il avait la main au milieu du dos de la femme. Quand il la fit descendre du trottoir, au bout de l'allée, il se retourna pour nous regarder et regarder la maison. Quelques flammes bleues tremblotaient encore dont les murs extérieurs continuaient à fumer, mais, dans l'ensemble, elle ne brûlait plus. Dans toute la rue, les gens étaient sortis dans leur jardin, y compris les deux voisins âgés que je reconnus et qui traversèrent la rue pour regarder du jardin d'en face. J'entendis une voix de femme crier : « Venez voir ça. C'est incroyable ! Mon Dieu ! » Je commençai à entendre les sirènes se rapprocher et la voiture de pompiers traverser le pont en faisant carillonner sa cloche. Au côté de mon père, j'attendais de voir ce qui allait se passer.

— Tout va s'arranger bien mieux qu'il n'y paraît, dit mon père.

Il regardait autour de lui. Il devait être ahuri de ce qu'il avait fait, de voir tous ces gens en train de nous regarder, lui et moi.

— Ça ira, dis-je. Il ne s'est pas passé grand-chose.

— J'aimerais que tout soit déjà arrangé, dit-il. Vraiment.

Warren dit quelque chose à la grande perche affublée d'un pardessus. Je me dis que c'était le pardessus de Warren Miller, mais pas celui que ma mère avait porté. La femme lui dit quelque chose puis nous regarda mon père et moi en hochant la tête. Warren Miller se dirigea alors vers nous en boitant, sur sa pelouse, humide de neige en train de fondre. Nous l'attendions tout simplement, je suppose, comme nous attendions la suite officielle des événements. Mon père avait décidé de rester là où il était et d'accepter ce qui lui arriverait. Il n'avait pas d'endroit où aller. Là ou ailleurs, c'était du pareil au même.

— Vous êtes complètement bourré, nom de Dieu!» s'exclama Warren Miller avant même de parvenir jusqu'à nous, tandis qu'il traversait son jardin en clopinant. Il était furieux. Je le vis. Sa voix semblait plus profonde que lorsque j'étais chez lui la veille. Son visage était blême, ruisselant. «Nom de Dieu, Jerry, dit-il. Vous êtes complètement rétamé et vous avez saccagé ma maison!

Mon père n'ouvrit pas la bouche. J'ignore ce qu'il aurait

pu dire. Mais lorsque Warren Miller nous eut rejoints — mon père était assis au bord du porche et j'étais à côté de lui — il saisit mon père par sa chemise, par le devant de celle-ci et lui envoya son poing dans la figure, si fort que mon père chancela en arrière. Il n'alla pas bien loin car Warren le tenait. Warren se préparait à lui envoyer à nouveau son poing dans la figure, mais je m'interposai en mettant la main devant le visage de mon père et je dis très fort :

— Ne faites pas ça, ne recommencez pas.

Warren Miller lâcha immédiatement la chemise et mit ses mains dans les poches de sa veste. Mais il ne partit pas, il resta où il était, sans reculer d'un centimètre. Ses lunettes étaient sales et embuées, son visage dégoulinait, sa veste aussi. Il avait du mal à respirer. Je regardai du côté des badauds, l'un d'eux nous montrait du doigt ou montrait du doigt Warren Miller qui avait frappé mon père. Je vis un jeune garçon traverser les jardins en courant pour s'assurer d'être aux premières loges. J'entendis les sirènes qui arrivaient, tout avait un goût de fumée.

— Nom de Dieu, Jerry, mais tu as un fils ici ! dit Warren Miller. Qu'est-ce qui t'a pris de faire une chose pareille !

Il fixait mon père dont les yeux clignotaient. Il ne saignait pas, il n'avait pas de marques sur son visage à l'endroit où Warren l'avait frappé. Mais cela avait dû l'étourdir, lui donner la nausée. Je voulais demander à Warren de partir, lui dire que nous en avions fini, mais c'était sa maison devant laquelle nous étions assis.

— Qui est-ce ? demanda mon père.

Il regardait la femme au grand manteau et escarpins d'argent qui attendait sur le trottoir.

« — Que voulez-vous dire ? » répondit Warren Miller. Il paraissait ahuri. « Ça ne vous regarde pas de savoir qui c'est. Ce n'est pas votre femme. » Il était encore en colère, je le sentais rien qu'en me tenant à côté de lui. « J'ai un pistolet là-dedans, Jerry, dit-il. Je pourrais vous descendre et personne ne dirait quoi que ce soit. Ils en seraient peut-être même ravis.

— J'en suis sûr, dit mon père.

Et je fus choqué de l'entendre dire ça.

— Quel âge avez-vous, Bon Dieu ? dit Warren Miller.

— Trente-neuf ans, dit mon père.

— Vous n'avez pas fait des études ? Vous n'êtes pas allé à l'université ? dit Warren Miller.

— Si, dit mon père.

Warren Miller se retourna pour regarder dans le jardin. Des voitures s'étaient arrêtées et la voiture des pompiers cornait pour se frayer un chemin dans la rue. Entre-temps, le feu s'était éteint. La neige s'en était chargée et on n'avait plus besoin des pompiers.

Warren Miller me regarda, les mains toujours dans les poches. Ses yeux bleus étaient écarquillés derrière ses lunettes.

— Je savais bien que tu étais à la maison aujourd'hui, dit-il. J'aurais pu forcer la porte, mais je n'ai pas voulu que ça dégénère. » Il secoua la tête. « Je devrais te flanquer une bonne rossée. » Puis il regarda à nouveau mon père. Je pense qu'il devait décider ce qu'il devait faire, mais ne savait pas au juste ce qui valait mieux. Nous vivions tous un moment plutôt inhabituel. « Vous auriez dû vous en douter, Jerry, dit Warren Miller. Nom de Dieu, comment voulez-vous empêcher ce genre de choses ? Vous ne pouvez tout de même pas partir comme ça de chez vous et vous attendre à ce que tout le monde soit bien sage. Vous ne pouvez vous en prendre qu'à vous-même. Vous êtes un imbécile, c'est bien tout ce que vous êtes !

— Peut-être, dit mon père. J'en suis désolé.

Il avait les yeux rivés au sol. Là-bas, en ville, j'entendais d'autres sirènes, elles n'avaient rien à voir avec nous, elles concernaient d'autres habitants qui avaient peur de voir naître d'autres incendies.

— Elle a voulu tout plaquer pour voir où ça la mènerait, dit Warren Miller. Tout a été fini presque avant que ça ait commencé, du moins en ce qui me concerne.

Il se retourna une fois de plus pour regarder dans la rue. Les phares des voitures de pompiers illuminaient la chaussée. J'entendais ronfler leurs gros moteurs. Dans le jardin d'en face, un homme arrosait son toit avec un tuyau. Deux pompiers avançaient dans l'obscurité, affublés de leur gros casque, de leur blouson et de leurs bottes, ils tenaient à la main des extincteurs et des torches électriques. A présent, les flammes étaient éteintes. Des voisins parlaient aux pompiers qui étaient restés sur la voiture. Quelqu'un se mit à rire bruyamment.

— Qu'est-ce que vous en pensez ? demanda Warren Miller à mon père, assis, ses mains brûlées posées sur ses genoux, tandis que son visage commençait à enfler à l'endroit où il avait été frappé. Vous ne trouvez pas que c'est une erreur fichtrement sérieuse ? Qu'est-ce que vous croyez que tous ces gens vont penser de vous ? Un pyromane ! Et devant son propre fils. J'aurais honte à votre place.

— Peut-être qu'ils se disent que c'était important pour moi, dit mon père.

Il passa la main sur son visage humide, inspira profondément et expira lentement. Je l'entendis souffler.

— Ils pensent que *rien* n'est important pour vous, dit Warren d'une voix forte. Ils s'imaginent que vous vouliez vous suicider, c'est tout. Vous leur faites pitié. Vous avez perdu la raison.

Il se détourna et repartit en boitant sur la pelouse où la neige commençait à geler sur l'herbe humide. A mi-hauteur de l'allée, les pompiers pointaient leurs torches électriques, en souriant et en se mettant à parler. Ils semblaient connaître Warren Miller. Warren Miller connaissait du monde. Et nous, mon père, ma mère et moi, nous ne connaissions personne. Là, à Great Falls, nous étions seuls. Des étrangers. Personne ne répondrait de nous si ça tournait mal ou si ça se retournait contre nous, comme c'était le cas en ce moment.

En fin de compte, il ne se produisit pas grand-chose — pas ce à quoi vous vous attendriez quand un homme met le feu à la maison d'un autre et se fait prendre en train de le faire, devant toute une rue, à une époque où tout le monde a la hantise des incendies. Dans le Montana, on en a pendu d'autres pour ce genre de choses.

Les deux pompiers qui connaissaient Warren Miller examinèrent l'endroit où le feu avait endommagé le porche ainsi que le côté de la maison. Ils n'arrosèrent rien, ils n'adressèrent la parole ni à mon père ni à moi, bien que Warren leur ait dit qu'il y avait eu un malentendu entre mon père et lui. Les deux hommes nous regardèrent, mais rapidement. Làdessus, Warren redescendit dans la rue, puis il alla s'asseoir dans la voiture rouge du capitaine. Ils parlèrent tandis que nous attendions. Je vis Warren signer quelque chose. Petit à petit, les voisins rentraient chez eux. L'homme qui arrosait sa maison s'arrêta et disparut. Les voitures repartirent et la grande femme qui était sortie de la maison avec Warren eut froid et prit place dans l'Oldsmobile qu'elle fit démarrer pour mettre le chauffage en route. Par cette nuit froide et neigeuse, il n'y avait plus que nous dehors, assis sur le porche éclairé. Je pouvais sentir l'odeur du bois brûlé.

Mon père ne dit rien tandis que nous attendions. Il regardait la voiture du capitaine. Je l'imitais. Au bout d'un moment, un quart d'heure environ, Warren Miller descendit de la voiture du capitaine, fit quelques pas sur le trottoir, prit l'allée qui menait chez lui et, arrivé là, monta dans sa voiture. Ils descendirent en marche arrière, suivirent Prospect Street et s'éloignèrent dans la nuit. Je ne sais pas où ils allaient, je ne les revis jamais.

C'est alors que mon père me dit, très calmement :

— Ils vont probablement m'arrêter. Un pompier peut t'arrêter toi aussi. Ils en ont le droit. Je suis désolé pour toute cette histoire.

Un des deux pompiers descendit alors de la voiture du capitaine. C'était le plus âgé des deux qui étaient allés regarder ce qu'il en était de la maison. Il fumait une cigarette qu'il jeta dans l'herbe en traversant le jardin pour rejoindre l'endroit où nous étions assis, sous le porche. Nous savions qu'il ne fallait pas partir, personne n'avait eu besoin de nous le dire.

— Il y a eu un malentendu, à ce qu'on m'a dit, expliqua le pompier à mon père une fois qu'il fut près de lui.

Il jeta un coup d'œil sur mon père, puis il se retourna pour regarder la maison que le feu avait endommagée. En surface, la plupart des planches avaient été calcinées. Il ne m'accorda pas un regard. C'était un grand gaillard d'une soixantaine d'années. Il portait un gros blouson noir en toile d'amiante, des bottes de caoutchouc mais pas de casque. Je l'avais déjà vu, mais ne me rappelais pas où.

— Si on veut, dit tranquillement mon père.

— C'est votre jour de chance », dit le pompier. Il jeta un autre coup d'œil rapide sur mon père. Il était juste là, debout devant nous en train de parler. « Cet homme, qui habite cette maison, s'est porté garant pour vous. Pour ma part, je ne l'aurais pas fait. Je sais ce que vous avez fait et je sais de quoi il s'agit.

— D'accord, dit mon père.

Le pompier détourna à nouveau son regard. Je savais qu'il

nous détestait, l'un et l'autre, et que cela l'embarrassait autant que cela embarrassait mon père.

— On devrait vous tuer pour avoir fait une chose pareille, dit le pompier. Je vous tuerais si je vous y prenais.

— Inutile de dire ça. C'est juste, dit mon père.

— Votre fils en a vu bien assez à présent. » Le pompier me regarda pour la première fois. Il s'avança vers moi et posa sa grosse main sur mon épaule. « Il ne vous oubliera pas, dit-il à mon père, puis il me pressa très fort l'épaule.

— Non, sûrement pas, dit mon père.

Le pompier éclata soudain de rire. « Ah ! ah ! » en secouant la tête. C'était là une réaction étrange. J'eus presque envie de sourire, malgré moi. Et je me retins.

— On ne choisit pas son père », me dit-il. Il souriait, sa main toujours posée sur mon épaule, comme si nous partagions une plaisanterie. « Le mien était un salaud. Un salaud fini.

— Pas de chance, dit mon père.

— Passe donc à la caserne la semaine prochaine, fiston, me dit le pompier. Je te montrerai comment ça se passe. » Il regarda à nouveau mon père. « Votre femme doit sans doute s'inquiéter pour vous, mon vieux, dit-il. Ramenez votre fils chez vous, là où il devrait être.

— D'accord, dit mon père. C'est une excellente idée.

— Ton vieux devrait être en taule, fiston, dit le pompier. Mais il n'y est pas.

Là-dessus, il s'éloigna, retraversa le jardin, descendit la rue jusqu'à sa voiture rouge au volant de laquelle l'attendait son jeune collègue. Ils firent demi-tour, allumant et éteignant leur gyrophare pour cette manœuvre, puis ils s'éloignèrent.

Sur le pas de sa porte, la voisine d'en face nous observait tous deux, mon père et moi. Elle dit quelque chose à quelqu'un qui se tenait derrière elle, que nous ne pouvions voir, à l'intérieur de la maison. Je vis juste sa tête se tourner et ses lèvres remuer, je ne pus saisir aucun mot.

— Les gens s'imaginent qu'ils vivent dans l'éternité, n'est-ce pas ?» dit mon père. Quelque chose au sujet de la femme d'en face lui fit dire ça. J'ignore ce que c'était. «Tout se continue pour toujours. Rien n'est définitif.» Il se leva. Il semblait tout courbaturé, on aurait dit qu'il était blessé, mais il n'en était rien. Il se redressa, regarda vers la ville par-dessus les maisons. De l'autre côté de la rue, une lumière s'éteignit. «Ne serait-ce pas agréable ? dit-il.

— Sûrement, dis-je.

Et je me levai à mon tour.

— Tu sais, Joe, tout ça finira par perdre de son importance, un jour, dit mon père. Tu oublieras une grande partie de cette histoire. Moi, non ; toi, oui. Je ne t'en voudrais même pas si tu me détestais à cet instant.

— Je ne te déteste pas, dis-je.

Et je ne le détestais pas. Pas du tout. J'avais du mal à bien le comprendre, mais c'était mon père. Rien n'avait changé de ce côté-là. Je l'aimais envers et contre tout.

— On peut sombrer dans le regret du passé au lieu de penser à ce qu'on peut faire pour améliorer le présent, dit mon père. Évite ça.» D'un pas raide, il se dirigea vers notre voiture. Elle était garée, au même endroit que depuis le début, en face de chez Warren Miller. « C'est le seul et unique conseil que j'aie à te donner », dit-il.

Je l'entendis inspirer puis expirer. Au loin, dans une autre rue, j'entendis à nouveau une sirène se mettre en route et je me dis qu'il devait y avoir un autre incendie quelque part. Et je rattrapai mon père, traversant le jardin où il ne neigeait plus. Je savais qu'il ne pensait pas à moi pour le moment, mais à un autre problème dans lequel je n'avais rien à voir. Je me demandai pourtant où nous irions ensuite, où je passerais la nuit, et ce qu'il adviendrait de moi le lendemain et le jour suivant. Sans doute devrais-je penser que je vivais alors dans l'éternité, que je n'avais pas de réponses définitives et qu'on n'en attendait aucune de moi. En fait, tandis que je m'éloignais de chez Warren Miller en cette froide nuit d'octobre, tout ce qui venait de se passer commençait déjà à s'évanouir de ma pensée, comme mon père me l'avait dit. Je me sentis calme et commençai à croire que les choses ne se termineraient pas si mal que ça. Du moins, pas si mal pour moi.

J'AI PLUSIEURS lettres de ma mère remontant à la période qui suivit — en 1960 et en 1961. Dans une de ces lettres, elle écrivait : « Essaie de ne pas penser que ta vie est différente de celle des garçons de ton âge, Joe. Cela devrait t'aider. » Dans une autre : « Tu pourrais croire que, dans cette affaire, c'est moi qui suis excentrique, alors que c'est ton père qui l'est vraiment. Je ne le suis guère. » Et dans une autre encore : « Je me demande si mes parents ont jamais vu le monde de la façon dont je le vois maintenant. Nous sommes pour toujours en quête d'absolu que nous ne trouvons pas. On se découvre une soif d'authenticité sans être soi-même authentique. L'amour, en revanche, me semble tout à fait permanent. »

À l'époque, elle vivait, je crois, à Portland, dans l'Oregon, où elle espérait trouver du travail. Ses lettres avaient pour en-tête « The Davenport Hotel », bien que j'aie la vague impression qu'elle n'habitait pas là. Je ne savais pas grand-chose sur ses faits et gestes ; en fait, je l'imaginais à jamais perdue pour nous.

Il est possible, et j'y ai réfléchi au cours des années qui ont suivi, que tout élan vital se soit soudain arrêté ce soir-là, devant chez Warren Miller, et que Warren ait eu raison — à savoir que mon père espérait que Warren sortirait de chez lui et l'abattrait sur-le-champ. C'est probablement pour cela qu'il ne s'était pas sauvé. Quand dans votre existence tout se retourne brusquement contre vous, comme cela avait été le cas pour mon père, on doit éprouver le vif désir de mettre fin à sa vie, de la rendre et de laisser d'autres gens plus costauds que vous, des gens comme Warren Miller, la porter jusqu'où elle pourra aller. Ou du moins, le désir de devenir une plus petite part de quelque chose de plus grand dans la vie, de quelque chose qui vous prendra en charge comme si vous étiez un enfant.

Je me demandai, au cours des jours qui suivirent, tandis que ma mère s'installait dans les Appartements Helen, avant d'en déménager précipitamment, quittant même la ville, si je reverrais un jour le monde comme je le voyais avant tout ça, quand je ne savais même pas que je le voyais. Ou si vous finissiez par vous dessaisir des choses, et si votre jeunesse ne vous aidait pas à vous en dessaisir plus vite. Ou si, en fait, aucune de ces élucubrations n'avait la moindre importance, les choses restant en gros inchangées, à quelques petites modifications près, de sorte que lorsque vous faisiez face au pire et que vous le dépassiez, ce que vous trouviez là, dans votre vie, n'était rien. Rien n'est mauvais en soi, mais rien ne dure pour toujours. Et la leçon à tirer de presque toute expérience humaine c'est que, lorsque d'autres sont concernés, même des gens qui vous aiment, votre intérêt ne passe généralement pas en premier, et c'est très bien ainsi. On peut vivre en s'en accommodant.

L'incendie qui avait poussé mon père à quitter la maison ne fut pas aisément maîtrisé, il dura longtemps — contrairement à ce qu'on s'imagine, un feu n'est pas quelque chose de si facile à éteindre. Il ne menaça pas les villes, mais il couva pendant tout l'hiver avant de se réveiller au printemps, dans de moindres proportions, il y avait même dans l'air de la fumée qui nous piquait les yeux ; toutefois mon père ne partit pas le combattre.

Au printemps, une fois que j'eus repris mes cours, je m'essayai au javelot, mais je me rendis compte que ce n'était pas mon fort, je ne parvenais pas à le lancer loin. Pas assez loin. Du coup, j'y renonçai. Mon père me dit que lui et moi reprendrions le golf dès qu'il ferait meilleur et, le moment venu, c'est ce qui se passa. D'une façon générale, je trouvais que ma vie était comme celle des garçons de mon âge. Je n'avais pas d'amis. J'avais fait la connaissance d'une fille que je trouvais sympa mais dont je ne savais que faire, je ne connaissais pas d'endroit où l'emmener et n'avais pas de voiture pour la conduire où que ce soit. A vrai dire, je n'avais pas de vie à moi en dehors de la vie à la maison avec mon père. Mais cela ne me paraissait pas inhabituel, pas plus qu'aujourd'hui.

Au début du mois de mars, Warren Miller mourut. Je le lus dans le journal. Des suites d'« une longue maladie », disait-on, sans entrer dans les détails. On précisait juste qu'il était

mort chez lui. J'en conclus qu'il devait se savoir condamné
par la maladie quand il avait rencontré ma mère. Je me demandai si elle l'avait su, ou si elle l'avait jamais revu depuis cette
nuit à la maison. Je décidai qu'elle l'avait revu, peut-être à
Portland, où elle se trouvait, ou dans quelque autre ville.
J'essayais d'imaginer de quoi ils avaient pu parler et décidai
qu'il n'avait dû s'agir que de ce que nous savions tous déjà.
Je pense qu'elle l'aimait. Elle disait certes qu'elle l'aimait, et
qu'elle aimait aussi mon père. « Qui trop embrasse mal
étreint », dit le proverbe. C'est la conclusion à laquelle je parvins dans le cas de ma mère, où qu'elle soit, dans quelque
ville que ce soit, elle se retrouvait seule dans tout ce qu'elle
pouvait entreprendre. Elle n'avait personne, et j'en étais désolé
pour elle.

Mon père ne me paraissait pas malheureux. Je ne pense pas
que ma mère lui ait donné de ses nouvelles, même si je rece-
vais des lettres à la maison. Il se disait, je crois, qu'elle
ne recommençait pas sa vie mais continuait sur sa lancée et
qu'il aurait dû faire de même. Pendant l'hiver, il trouva un
emploi temporaire comme courtier en assurances. Voyant
que ça ne marchait pas très bien, il se fit embaucher dans un
magasin d'articles de sport du centre de la ville pour y ven-
dre des clubs de golf, des raquettes de tennis et des gants de
base-ball. Pendant un moment, au printemps, il installa deux
cages métalliques derrière la maison, des cages qu'il avait fabri-
quées lui-même, et dans lesquelles il élevait un lapin, un faisan et un perdreau grivelé qu'il avait trouvé dans la rue. Et
la vie continua pour nous, à une échelle différente de celle

que nous avions connue. A plus petite échelle humaine. Incontestablement. Mais elle continua. Nous survécûmes.

Et puis, à la fin du mois de mars 1961, au tout début du printemps, ma mère revint de là où elle avait été. Au bout de quelque temps, mon père et elle trouvèrent un moyen de résoudre les difficultés qui les avaient éloignés. Et même s'ils avaient senti que quelque chose entre eux s'en était allé, quelque chose dont ils n'étaient peut-être même pas conscients jusqu'à ce qu'il ait disparu à jamais de leur vie, ils avaient dû sentir, l'un comme l'autre, qu'il y avait une part d'eux-mêmes, une part importante, qui ne pouvait vivre que s'ils étaient ensemble. En gros, c'était comme auparavant et j'ignore au juste ce qu'était ce quelque chose. Mais c'est ainsi que notre vie reprit après ça, pour le peu de temps que je passai encore à la maison. Et pendant encore bien des années. Ils vivaient ensemble — c'était leur vie — et seuls. Pourtant, Dieu sait qu'il reste bien des choses que moi, leur fils unique, je ne puis prétendre entièrement comprendre.

IMPRIMERIE BRODARD ET TAUPIN À LA FLÈCHE
DÉPÔT LÉGAL JANVIER 1993. Nº 14591 (6200G-5)

Collection Points

SÉRIE ROMAN